聖女様を甘やかしたい！

お前はダメだ

Seijo-sama Wo Amayakasitai!

戸津秋太

TOブックス

目次

Amayakasitai!

Seijo-sama Wo

イラスト／fame　デザイン／舘山一大

プロローグ

カツカツカツという硬質な音を響かせて、ベイル・ベレスフォードは長い廊下を歩いていた。

彼が纏《まと》う白いマントがばさりと音を立て、それとは対照的な黒い髪が揺れる。

髪と同色の瞳は真っ直ぐと進む先を見据え、しかしそこには何も映していなかった。

彼の前方から歩いてきた三人の男はベイルに気付くとすぐ脇《わき》に避け、頭を下げる。

それに見向きもせずに、ベイルはその真ん中を悠然《ゆうぜん》と進んだ。

やがて、突き当りの大きく重厚な扉の前に辿り着く。

扉の両脇には衛兵のように佇《たたず》む男が二人。

ベイルに気付くと彼らもまた頭を下げ、先を促《うなが》す。

繊細な装飾が施された扉に手を伸ばす。

両手を覆《おお》うのは白い手袋。

その真ん中には、『I』と黒い刺繍《ししゅう》が施されている。

扉を押し開けると、だだっ広い空間がその視界に飛び込んできた。

真っ白な大理石で造られた床に、壁。そして屹立《きつりつ》する幾本もの純白の柱。

薄暗い室内は窓から月の光に怪し気に照らされている。

その最奥に何者かの気配を感じながら、ベイルは落ち着いた所作で歩み寄る。

少ししてそのすぐ袂《たもと》まで辿り着くと、右ひざをついて臣下の礼をとった。

「ベイル・ベレスフォード、ただいま帰還いたしました」

「うむ」

その声に、ベイルから幾段か高い位置に置かれた玉座のように豪奢な椅子に腰かける老人が応える。

老人の顔はこの暗がりのせいで窺《うかが》い知ることはできないが、時折月光に照らされる老人の白いマントが、ベイルの纏うそれよりも遥かに豪奢な造りになっていることがわかる。

ベイルは顔を伏したまま、感情を感じさせない声で報告する。

「今回の任務――反乱分子の一掃は無事に達成いたしました」

「流石だ、それでこそ第一天神官《ヴィロン》。そなたであればきっと遂行して見せると信じていたぞ」

主のその言葉に、俯《うつむ》いたままのベイルの表情には喜びの色はない。

対して、老人の声は喜悦に塗れていて、己が信じる部下が己の希望通りの働きをしたことへの喜びに満ちていた。

上機嫌のまま、老人は言葉を継ぐ。

「さて、だ。帰還して早々にすまないが、そなたには次の任務にあたってもらおう」

老人のその言葉を聞きながら、ベイルはいつもの流れだと心の中でため息をつく。

自分が任務を完遂して帰還し、主であるこの老人が喜び、そして即座に次の任務を与える。

それも仕方のないことだと、割り切っている。

まるで機械に組み込まれた歯車のように、日々を淡々と与えられた任務に費やす。

それが、神が自分に与えた運命なのだろう。

時折、街を駆け回る子どもたちに憧憬《どうけい》を抱いてはいたが、それももう昔の話だ。

彼らのような人生など、神の殉教者である自分が送れるはずもないのだから。

ベイル・ベレスフォードは十九歳のこの時には、すでに人並みの幸せを諦めていた。

「先日、新たな聖女候補の少女を回収した。今回そなたに与える任務はその少女の監視だ」

「ッ、俺が少女の監視……？」

それまで平静を保っていたベイルが、初めて取り乱す。

この教皇国において最強と称されるベイルに与えられる任務は、例えば単騎で反乱分子の拠点に乗り込み、制圧するといった言わば高難易度任務。

にもかかわらず今回老人が口にした次の任務は、一人の少女の監視。

それは、第一天神官《ヴィロン》であるベイルに与えられるものにしては、随分と生やさしいものだった。

ベイルの疑問を含んだ声に、しかし老人は「そうだ」と力強く応じる。

「無論、終始少女の動向を監視しろというわけではない。そなたには他にも働いてもらわねばならんからな。任務の合間に少女の様子を観察し、報告する。それが今回の任務だ」

「一つ、よろしいでしょうか。なぜその少女の監視を私に？」

ベイルの問いに老人は一度答えに窮すると、すぐにその解を話す。

「少女の能力は、これまでの聖女候補の中でもとりわけ希有なものだ。できれば、殺したくはない。

そこで神官の中でも比較的少女と歳の近いそなたに監視を任せるのだ」

これまでの聖女候補はそのあまりにも過酷な訓練や、半ば強制的に監禁されることへの苦痛に耐えきれずに精神を摩耗し、自殺してしまうことがままあった。

それを避けたいのだという。

「近しい歳のものが傍にいれば、拠《よ》り所とするであろう。そして拠り所となれば、何か弱みを握ることも可能だ。第一天《ヴィロン》神官、ベイル・ベレスフォード。そなたは少女が死ぬような事態にならないよう精神状態を観察、心の拠り所となれ」

それは、ある意味では今までに受けた任務の中で最も残酷なものだ。

十九のベイルと歳が近いということは、その少女の年齢は同じかそれよりも下。

そんな少女にまるで友達のように振る舞い、そして裏切れと目の前の老人は告げているのだ。

ベイルはそのことをきちんと理解した上で、一言。

「承知いたしました」

老人の――教皇のこの考えは決して間違ったものではなかった。

けれど、いくつかの誤算があった。

この任務をベイルに与えたことを教皇たちは一年後に悔やむことになる。

◆

「聖女候補の少女、ね」

教皇の前を後にしたベイルは、早速その監視対象の少女の元へと向かっていた。

頭の中では、監視対象である少女のことを考えていた。

とはいえ、そこに喜びも楽しみもない。

ベイルも神官という仕事柄、聖女候補と呼ばれる少女たちを幾度も目にする機会があった。

しかしその誰もが死んだような目をして、表情を失った人形のようだった。

これから会う少女も、きっと彼女たちと同じように心を失っているに違いない。

（……いや、他人事ではないか）

小さな自嘲の笑みと共に、ベイルは自分の顔をそっと触れる。

彼女たちと自分に、それほど大きな差がないことは自覚している。

そしてそのことを悲しいと思わないことが、何より自分という存在を物語っているようで。

（心の拠り所となれ……）

教皇に告げられた言葉が脳裏をよぎる。

そんなものに、なれるわけがない。

心を失った者が、誰かに心を与えることなどできないのだから。

陰鬱《いんうつ》な気分の中、ベイルは少女が幽閉されている部屋の前に辿り着いた。

脱走を防ぐため監視として扉の前で待機していた神官たちが、ベイルに敬礼する。

まるで鳥籠《とりかご》だな、と。ベイルは他人事のように思った。

先ほどの、教皇がいた広間よりも遥かに質素な造りの扉を押し開ける。

閉塞感を感じさせないための配慮なのか、普通の部屋よりも多い窓から差し込んできた月の光にベイルは僅かに目を細めた。

そして――、

部屋の中央から放たれた、銀鈴のように澄《す》んだ声。

「あなたは……?」

半ば反射的にそちらを見ると、そこには白い少女がいた。

「――――」

ベイルは思わず、その場に立ち尽くす。

任務のことを忘れて、自分の立場も忘れて、その少女に見惚《みと》れてしまった。

彼女の容姿が、これまで出会ってきた誰よりも優れていたからではない。

彼女の声が、心地よい子守歌のようであったからでもない。

――彼女が、笑っていたから。

聖女候補として幽閉されながら、彼女にとって周囲には敵しかいない状況でありながら、突然部屋を訪れたベイルに対して客人をもてなすような笑みを浮かべていたから。

ベイルは、その笑顔に見惚れてしまったのだ。

心を揺さぶる激情を必死に押し殺しながら、ベイルは少女の下に歩み寄った。

第一章

「痛いの痛いの、とんでいけーっ」

教会内に並べられた長椅子に腰掛ける白髪碧眼の少女が、陽気な声で歌うように呟き、隣に座る男の子の腕を一撫でした。

直後、男の子の腕にある擦り傷に光が溢れ、鎮まるころにはその傷が跡形もなく消えていた。

「はいっ、これで大丈夫ですよ。他に怪我はしていませんか？」

「うん！　ありがとう、聖女様！」

「元気なのはいいことですけど、気を付けてくださいね」

聖女様、と呼ばれた少女は微笑みながら雪のように白い手で男の子の頭を撫でる。

男の子は少し照れた様子で立ち上がると、教会の入り口へと駆けだした。

その入り口で男の子を待っていた彼の母親は、隣に立つ漆黒の牧師服を纏った黒髪黒瞳の青年に頭を下げる。

「すみません、うちの子がご迷惑を」

「いえいえ、また何かあればいらしてください。聖女様もお喜びになられます」

青年の嘘偽りのない言葉に母親は再度頭を下げると、駆け寄ってきた子どもを抱きしめる。

そして、「牧師様、聖女様、ありがとー！」と男の子が満面の笑みを浮かべて母親と共に教会を出ていくのを見届けてから、青年は教会内に振り返った。

「お疲れ様です、聖女様」

歩み寄りながら、少女に声をかける。

腰ほどまでは伸びているであろう長い白髪は、しかし彼女が被る白いフードに遮られてその大半を覗うことができない。

それでも、教会のステンドグラス越しの光に輝く白髪は、いっそ幻想的と感じるほどの美しさだ。

この教会の牧師を務める青年、ベイルの声に、聖女様と呼ばれる少女は袖を捲《まく》ると、むんっと力こぶを作って見せる。

「ぜんっぜん疲れていませんよ。まだまだ働けます！」

そう応える少女の腕にこれっぽっちも力こぶができていないことに気付き、ベイルは微苦笑を浮かべた。

そうしながら、少し咎めるような語気で言葉を発する。

「あまり体を陽の光に晒さないでくださいよ。具合が悪くなったらどうするんですか」

「心配のしすぎです、ベイルくん。これぐらいは大丈夫ですよ」

今度は少女が苦笑する。

彼女が羽織るフード付きの純白の外套は、聖女然とするためのただの衣装ではない。

彼女は生来より体が弱く、あまり長時間陽の光に当たると日射病にかかってしまうのだ。

だというのに、少女が身に着ける淡い紺色のスカートは膝上ほどまでしかない。

体が弱いのだから、ズボンを履いて肌を隠すべきだとベイルは一度提案したのだが、なぜか断られてしまった。

少女曰く、この教会にいる時は可愛い服を着ていたいということらしい。

意味をよく理解できなかったベイルではあったが、結局諦めて足を白いニーソックスで覆うよう提案することでなんとか事なきを得た。

開け放たれた教会の扉から、春の匂いを乗せた風が吹き込んでくる。

そういえば、神殿を抜け出してからもう一年が経つのか。

季節の巡りを感じて、ベイルは聖女様と謳われる少女、ルナとこの片田舎の教会でひっそりと暮らすことになった経緯を思い起こした。

◆

神技《しんぎ》という超常の力を操る存在、神官を有するアポストロ教皇国。その支配者である教皇に独立を認められた神聖ジェネシス帝国は、教皇国の庇護の下その力で他国を圧倒し、大陸の中央部を支配下に置いていた。

ベイル・ベレスフォードもまた、教皇国の神官であった。

神聖ジェネシス帝国の旧首都のみを領土とする教皇国は、そこにアポストロ神殿を立て、神官たちや国民を管理していた。

教皇国に七人しかいない特級神官の一人であるベイルは、ある日突然一人の少女の監視を命じられた。

その少女こそがルナだ。

創世神《ジェネシス》の加護の下神技という力を操る神官たちとは違い、ルナという少女は加護なしに超常の力を引き出す、俗にいう稀人《まれびと》であった。

彼女の力は祈りを捧げることで怪我を瞬く間に癒すというもの。

その力に目を付けた神殿が、彼女を半ば強引に拉致したのだ。

最初は神殿の命令通り冷徹に、機械的にルナと接していたベイルであったが、いつも笑顔を絶やさない彼女に惹かれ、次第に親睦を深めていった。

そして、監視の任務についてから三年ほどが経ったある日、ベイルはルナを連れて教皇国を逃げ出したのだ。

神聖ジェネシス帝国の国境をなんとか抜け、自由を国是《こくぜ》としているために国境も比較的緩い南部のスチュアート共和国に流れ着いたのが彼是一年ほど前。

以来一年間、ベイルとルナは共和国の辺境の村の教会で、牧師と聖女として村民たちと穏やかな生活を送っている。

◆

もう随分と遠い、昔のことを振り返っていたベイルの耳朶《じだ》を教会の鐘の音が揺する。

教会の鐘は、正午と夕方の二回、内部に組み込まれた時計の歯車によって音を奏でる。

家々に時計が普及している今の時代でも、辺り一帯に響く鐘の音は人々の生活の中心だ。

「……ベイルくん、お腹が空きました」

昼を告げる鐘の音を聞いて、ルナは少し恥ずかしそうに牧師服の袖を掴み、声をかけてきた。

ベイルは視線を下に向けて微笑む。

「もうお昼ですからね、俺もペコペコです。そういえば、今朝お隣のモートンさんから新鮮な卵をいただいたんです。それでオムレツでも作りましょうか」

「はいっ、楽しみにしています！」

ルナの笑みを受けてベイルは一足先に教会の奥、二人の居住スペースへと向かう。

その背に「ベイルくん」と、彼を呼び止めるルナの声。

ベイルが振り返ると、先ほどまで長椅子に座っていたルナが立ち上がり、こちらを見つめていた。

「午後もよろしくお願いしますっ」

はにかんだ笑顔でそう告げるルナを、ステンドグラス越しの光が照らす。

キラキラと輝く彼女に一瞬見惚れてから、ベイルは彼女に向き直った。

「こちらこそよろしくお願いします、聖女様」

◆

「くらえーッ！」

教会のすぐ傍の庭に、少年の叫び声が響き渡る。

幼い殺意と共に茶髪の少年が振り下ろした木刀。

その剣先を躱しながらベイルは少年の腕を掴み、同時に彼の足を引っかけた。

「おわぁっ⁉」

足を取られ、少年は勢いそのままに草花の生える地面を転がる。

泥だらけになった少年を見下ろしながら、ベイルは挑発するような笑みを浮かべた。

「どうしたヒース、その程度か」

「くっそぉ、大人気ねえぞ、ベイル！」

ヒースは腰を押さえながら起き上がると、飄々とした様子で佇むベイルを睨みつけた。

対して、ベイルは呆れ交じりのため息を吐く。

「手を抜くなって言ったのはお前だろうが」

「ッ、――くっそぉ、もう一回だ！」

「いいぞ、かかってこい」

地面に転がる木刀を掴み取るや否や、すぐさま地を蹴りベイルに襲い掛かる。

それをベイルは冷静にいなし、カウンターを決めていく。

ヒースの恨み声が響く中、その光景を少し離れたところから見ていたルナがくすりと笑った。

日が傾き、日差しが弱まってきたため、日中は必ず被っているフードも今は被っていない。

ルナの透き通る白髪が暖かな風に揺れていた。

「ねー、せいじょさま。みてみてー！」

彼女の周りには小さな子どもたちがいる。

その中の一人が、庭に生えている白い花で作った冠をルナに見せてきた。

「凄く綺麗です！　作ったんですか？」

「うん！　これ、せいじょさまにあげるー！」

そう言って、女の子は少し背伸びをするとルナの頭にそっと花の冠を乗せる。

ルナは花の冠に手を添えると、満面の笑みを咲かせた。

「ありがとうございます。大切にしますねっ」

女の子は「うん！」と笑顔を浮かべながら頷くと、再び子どもたちの中に戻っていく。

その背中を見届けてから、再びベイルたちの方へと視線を向ける。

泥だらけで息を荒げ、必死の形相で木刀を振るヒースに対してベイルは余裕に満ちた佇まいだ。

ベイルは素手だが、それでも二人の間には圧倒的な力量差がある。

にもかかわらずヒースが目立った怪我をしないで済んでいるのは、ベイルが巧く手加減しているからだろう。

二人がああして鍛錬をしているのは今日に始まったことではない。

教会では、休息日以外は昼過ぎから夕方までの間子どもたちを預かっている。

大人たちが農作業をしたり、出かけたりして家を空けるからだ。

もちろんある程度大きくなった子どもたちであれば、自分たちで好き勝手に遊んだりするので、教会に預けられる子どもたちは小さな子ばかりだ。

その中で、ヒースは年長組にあたる。

ベイルと剣の鍛錬をするために来ているのだ。

二人が鍛錬を始めることになったきっかけは半年ほど前。

当時は今以上に荒くれ者だったヒースは、ガキ大将として威張り散らしていた。

そんなある日、自分よりも幼い子どもを虐めているところをベイルに見咎められたヒースは、反骨心からベイルに殴りかかり、そしてコテンパンにされた。

それ以来、ヒースはベイルに剣を習っている。

不意に視線を上に向けると、遠くの空が僅かに赤くなり始めていた。

ルナは立ち上がると、少し声を張り上げてベイルに声をかける。

「ベイルくん、そろそろ切り上げた方がいいですよ!」

丁度ヒースを地に横たわらせたベイルはルナの声を受けて空を見上げ、「わかりました」と返す。

そして、視線を下に向けてヒースに告げる。

「というわけで、今日はここまでだ。体を洗いに行くぞ」

「……はい」

ヒースは差し出された手を唇を尖らせながら掴み、立ち上がる。

パンパンと服に着いた泥を軽く叩くと、教会に向けて歩き出したベイルの後に慌ててついていく。

◆

「うがぁー、今日も一本も取れなかった！」

水音が響き渡る教会のシャワールーム。

その音に混ざって、ヒースの悔し気な声が木霊する。

「当たり前だ。どれだけ歳が離れていると思ってるんだ。お前に負けたらそれこそ俺のプライドがズタズタだ」

今年十二になったばかりのヒースに対して、ベイルは二十一歳。

十年近く歳が離れた子どもに負けたとあっては面目が立たない。

ベイルの弁にヒースは「ちぇっ」と舌打ちをすると、「でもよー」と続ける。

「俺だって親父に剣を教わってたからそれなりに心得はあるんだぜ？　なのに素手相手に一本も取れないのは流石に凹むよ」

頭を洗剤で洗う音が聞こえなくなって、ベイルはちらりと横に視線をやる。

ヒースは誰の目から見てもわかる程に落ち込んでいた。

やれやれと言った様子で僅かにため息を吐くと、「まああれだ」と、自分もまた髪を洗う手を止めてヒースに語りかける。

「体格の差っていうのはヒースが思っている以上に大きいんだ。基本的に狙えるのは腹から下になるし、頭や首元を狙おうとするとどうしても突き上げるようにして剣を動かさないといけない。そのせいで剣の軌道がある程度読めるんだ。心配しなくても体がでかくなれば今よりももっと強くなれるさ」

「……なんかその言い方、すげえ牧師っぽい」

「牧師だっての」

ヒースの額を軽く小突く。

ベイルが再び髪を洗い出すと、「でもさ」とヒースがなおも話を続けてきた。

「ベイルって、多分俺の親父よりも強いよな」

ヒースの父親はこの村の自警団の団員で、その剣の腕は村でも一、二を争う程だ。

その父をして、ベイルはそれ以上の腕であるとヒースは感じた。

「牧師様のくせに、どうしてそんなに強いんだよ」

「…………」

またしても髪を洗う手を止めて、ベイルは返す言葉を考える。

隣からは、ヒースの真剣なまなざし。

ベイルは少し悩んでから、口を開いた。

「……守りたい人がいるからだよ」

ヒースはその返答を聞いて一瞬眉を寄せ、それから何かに思い至ったように目を見開いた。

「それって……」

「――ほら、しっかり洗えよ！」

何かを口にしかけたヒースの頭にベイルは両手を伸ばし、乱暴に洗う。

突然の急襲に戸惑いながら、ヒースは抵抗の声を上げた。

「んなっ、やりやがったな！　こんのぉっ！」

「はっはっは、油断したな！」

洗剤の泡にまみれてじゃれ合う二人に時間を告げるかのように、教会の重い鐘の音が鳴り始めた。

◆

「お帰りなさい。もう何人かお迎えに来られましたよ」

礼拝堂に戻ると、子どもたちの相手をしていたルナがベイルとヒースの姿を認めて声をかけてきた。

見ると、礼拝堂の長椅子に座ったり、駆けまわったりしている子どもの数が先ほどよりも少し減っている。

ベイルたちが体を洗っている間に子どもたちの親が迎えに来ていたのだろう。

ルナの言葉にベイルはしまったと罰が悪そうに頬を掻いた。

「すみません、任せっきりにしてしまって」

「そんな、気にしないでください。皆さんとお話するのは楽しかったですし、何よりベイルくんにはいつも頼りっきりですからね。少しぐらいは私を頼ってください」

「はは、ありがとうございます」

ルナの優しさに感謝していると、横から見つめられているような気がしてベイルはちらりとそちらを見る。

そこには、先ほど泥だらけになった服とは別の服に着替えたヒースが、ルナとベイルの二人を交互に見つめていた。

「なんだ、ヒース。どうかしたか？」

「……いや、別になんでもねえよ」

気になる物言いに首を傾げるベイルであったが、「ぼくしさまー！」と駆け寄ってくる子どもを抱きとめる間に意識はそちらへと向いた。

それから数分が経ち、礼拝堂にいる子どもたちが一人、また一人と減っていく。

最後に残ったのはヒースだった。

長椅子に横になり、ステンドグラスをボーッと眺めながら、ヒースは中々迎えに現れない親への文句を口にする。

「おせーなー、何してんだよー」

日中必死になって働いている親に対してなんて言い草を、と戒めようとしたベイルであったが、それよりも先に彼の下へルナが向かった。

「ご両親のことを悪く言ってはいけませんよ、ヒースくん。お二人はあなたのために働かれているのですから」

「は、はい。……ごめんなさい」

長椅子に寝転がるヒースを、ルナは覗き込みながら注意する。

ルナの整った顔が至近距離に来て、ヒースは顔を赤らめながら慌てて起き上がり、頭を下げる。

その素直な態度にルナは笑顔になるが、離れたところからその様子を見ていたベイルは納得がいかない様子で目を細めた。

「おい、ヒース。お前俺の時と態度が違わないか？」

「なっ、何言ってんだよ。そんなことねーっての」

ヒースは視線をさまよわせながら立ち上がると、二人に背を向ける。

同時に、何かを見つけて「あっ」と声を漏らした。

「ごめんなさい、遅くなって……」

息を荒げて、教会の入り口から駆け寄ってきた一人の女性。

薄茶色の髪を背で一纏めにしている彼女の目元は、ヒースそっくりだ。

母親が迎えに現れて、ヒースがホッと一息ついたのをベイルは見逃さなかった。

いくら剣の腕が達者だとはいえ、彼はまだ十二の子どもだ。

中々親が迎えに来てくれなくて不安だったのだろう。

先ほどの悪態は、あるいはその不安を誤魔化すための虚勢だったのかもしれない。

ヒースの母親は息を整えながら二人の下へ歩み寄ると、再度頭を下げた。

「今日も息子がお世話になりました」

「いえいえ、俺も彼のお陰で適度に運動ができて有難い限りですよ」

ヒースがベイルに剣を習っていることは既に両親の知るところであり、彼が着替えを持ってきているのも鍛錬中に服が汚れると見越した上だ。

ベイルの言葉にヒースの母親は可笑しそうに笑うと、視線をちらりと息子に向ける。

「以前は問題ばかり起こしていたんですけど、お二人のお陰でここ最近は本当に大人しくなって。ありがとうございます」

「よ、よせよ、お袋！」

ヒースは恥ずかしそうに母に非難の声を上げる。

そのやり取りを微笑ましく見つめながら、ベイルは口を開く。

「俺たちは何もしていませんよ。きっと、ご家庭での指導の賜物でしょう」

「そうだと嬉しいのですけど。――っと、ごめんなさい長々と。では、今日はこれで。またよろしくお願いします」

「またな、ベイル、聖女様！」

頭をペコリと下げた母に続いて、ヒースも二人に別れの挨拶を口にする。

すると、母親はパシッとヒースの頭を叩いた。

「こら、牧師様に何ですかその口の利き方は」

「はは、かまいませんよ。宿敵に敬意を払いづらい気持ちはわかります」

「べ、別に宿敵とかじゃねえし」

ベイルの言葉に歯向かうヒースの語気はどこか弱々しい。

男としてのプライドが、きっとベイルへの態度をぞんざいなものにさせているのだろう。

そんな息子の考えを察したのか、母親は困ったような笑みを浮かべてからヒースを連れて教会の入り口へと向かう。

ルナとベイルはその背中を見届けてから、一日の疲れを発散するように同時に伸びをした。

◆

夜の帳が下り、空が闇に染まる時分。

教会の奥にある食堂のテーブルには湯気が立ち上る暖かな料理が並べられている。

子どもたちを全員家族に引き渡してから、ベイルが急いで用意したものだ。

「とてもおいしいです！」

満面の笑みを浮かべて、ルナは料理の感想を口にする。

彼女はいつも周囲に笑顔を振りまいているが、食事をしている時の彼女の表情は取り分け明るい気がする。

「ありがとうございます」

ベイルは、スープを掬《すく》ったスプーンを口に運ぶことで緩んだ頬を隠す。

神殿にいたころは神官の仕事をこなすばかりで料理は不得手だったが、この辺境の地に来てからはめっきり上達した。

一日の仕事を終えてから食事を作るというのは楽ではないが、彼女の笑顔を見ればそれも気にならないというものだ。

少しの間、明日の天気やご近所さんの噂話、ルナが一人で礼拝堂にいる間に迎えに来た親御さんたちと交わした取り留めもない会話の話などで食卓に花を添える。

そして話は移り、ヒースに関することへ。

「とても楽しそうにされていましたね、ヒースくんと」

「聞こえていたんですか、なんだか恥ずかしいですね」

ヒースとシャワーを浴びている時の声が礼拝堂まで漏れていたのかと、ベイルは苦笑する。

ルナの前では大人然として振舞っているつもりなので、無邪気な自分が知られるのが妙に気恥しい。

そんなベイルに対して、ルナはクスリと笑う。

「私はヒースくんと接している時のベイルくんも好きですよ。とても楽しそうですし、本当のあなたを見れているような気がしますから」

「そう、ですか……?」

「はい。……その、ヒースくんが少し羨ましいです。私には、ヒースくんのように砕けた口調で話しかけてくれませんから」

そう言って、ルナは即座に頬を赤らめる。

その仕草にドキッとしながら、ベイルはそれを誤魔化すためにゴホンと一つ咳払いをする。

それから視線をテーブルの上に向けた。

「そういえば、その花の冠はどうしたんですか?」

料理が並べられた食卓の真ん中に置かれている白い花の冠を見て、ベイルは問う。

すると、ルナは嬉しそうに笑顔を浮かべながらその花の冠に手を伸ばした。

「ベイルくんたちが鍛錬をしている間にいただいたんです。綺麗なのでここに置いていました。どうです？　似合っていますか？」

花の冠を手に取り、そっと自分の頭へ乗せたルナが、悪戯っぽい笑みを浮かべて聞いてくる。

もちろん当人は冗談のつもりで聞いたのだろうが、ベイルは真剣な眼差しをルナに向ける。

白い髪と、白い肌。整った顔に、宝石のように輝く碧眼。

その上にそっと乗せられた白い花の冠は、さながら天使の輪のようで――。

「とてもよく似合っていますよ」

「……ぁ、ありがとうございます」

真っ赤になった顔を花の冠で隠し、か細い声で返す。

そうしながら、ルナは何かを思いついたように「そうだ」と頷くと、身を乗り出してきた。

「明日、ベイルくんに作ってあげましょうか？」

「俺にですか？……いやあ、男の俺が花の冠っていうのはどうにも」

ヒースに笑いのネタにされるに決まっている。

ベイルが肩を竦めて応えると、ルナは「そうですか……」と少し残念そうに肩を落とした。

が、すぐに妙案を思いついたといった様子で目を輝かせる。

「で、では、花の指輪ではどうですか？　折角ですし、二つ作って、お揃いに」

「指輪……」

指輪ならば目立たないか、などとベイルが思案していると、ルナは何かに気付いたようにハッと息を呑んだきり固まり、白い肌が真っ赤に染まる。

そして、手を前でパタパタとしながら悲鳴のような声でベイルにまくし立てる。

「わ、忘れてください！　その、ブレスレットにしましょう、ブレスレットに！」

「は、はあ……」

一体何をそんなに焦っているのだろうと、ベイルは困惑気味に首を傾げる。

だが、もう一度脳内で指輪、二つ、お揃い……と反芻しているうちに彼女が焦った理由に辿り着き、ベイルもまた顔を赤く染めた。

◆

教会では、休息日以外は基本的に昼過ぎから子どもたちを預かっている。

それゆえ、教会内の掃除や洗濯などは午前中のうちに終わらせておくのがベイルの中での一日のリズムになっていた。

今日もその例に漏れることなく、起きてすぐに今日一日の食事の下ごしらえをして、ルナと共に朝食をとった。

その後、ベイルはベッドのシーツや衣類などを洗い、今は庭に出て、物干し竿にそれらを並べかけているところだ。

ここ数日はよく晴れている。今日も見上げれば真っ青な空が広がり、綿雲が所々に浮遊している。

陽の光はポカポカと全身を照らし、気を抜けば眠ってしまいそうなほどに心地いい。

——やはり、春はいい。

一旦洗濯物を干す手を止めて、その場で軽く伸びをする。

欠伸を噛み殺しながら、ベイルは春に賛辞を贈った。

とはいえ、恐らくは夏になれば同じように夏はいいと思い、秋になれば秋はいいと思い、冬になっても冬はいいと思うだろう。

結局のところベイルには取り立てて好きな季節もなければ、嫌いな季節もなかった。

だが、そんなベイルとは正反対に、ルナに同じことを聞けば彼女はハッキリとこう答えるだろう。

好きな季節は冬。嫌いな季節は夏。——と。

体が弱い彼女は、特に暑さに弱い。太陽の光が強まる夏を嫌い、逆に弱まる冬を好むのは当然のことなのかもしれない。

そんなことを考えながら、ベイルは躊躇いがちにちらりと後ろに目をやる。

そこには、教会と庭の段差に腰掛けて神妙な面持ちでこちらを見つめてくるルナの姿があった。

いつもであれば、ルナは朝食をとった後、ベイルが掃除洗濯を終えるまでは自室にいるか礼拝堂にいるかなのだが、今日に限っては朝から彼の後をついてくる。

料理をしている時も、今こうして洗濯をしている時も。

それはベイルを監視しているかのようで——。

「…………」

ベイルは首の後ろを擦ると、ばつが悪そうに一つ咳払いをしてから再び洗濯物に手を伸ばした。

◆

「あの、聖女様。どうかされましたか？」

洗濯物を干し終え、箒を手に礼拝堂の掃除に取り掛かっていたベイルは、なおもこちらを見つめてくるルナの視線に耐えきれなくなり、遂にその真意を尋ねた。

長椅子に腰掛けていたルナは、ベイルの問いかけに肩をびくりと震わせる。

一瞬の間をおいて、躊躇いながら小さく口を開いた。

「……その、昨日村の皆さんとお話をする機会があったのですが、その時に奥様の一人がご主人の話をされて」

ルナはよく主婦同士の会話に呼ばれ、主人や子どもの愚痴を聞いていたり、取り留めもない世間話をしていたりする。

その時の会話を思い出すように、ルナは続ける。

「その方がおっしゃられるには、『最近うちの旦那が全然家事を手伝ってくれないのよね。家に帰って来るなりゴロゴロしだして、このまま怠け者にならないか心配で心配で』……と」

「それがどうかしましたか？」

「今日ベイルくんを見ていて思ったのですが、もしかしたら私も世間でいう怠け者なのではないかと。……炊事や洗濯、掃除に至るまで、その全てをベイルくんに任せっきりですから」

「…………」

　確かにルナの言うとおりだ。

　礼拝堂の長椅子に座っていたり、自室にこもっていたり、時々庭に出てボーッとしていたり。

　ともかく、一日中これといった仕事をしていないルナは、あるいは世間の目にはそういう風に映るやもしれない。

　だが、この教会での家事のほとんどを負担することをベイルは嫌がっていないし、むしろ積極的に請け負っている。

　神殿によって幼いころに自由を失った彼女には、せめてこの辺境の地では自由に生きて欲しいと思うから。

　何より、

「聖女様は村の皆さんの悩みを聞いたり、怪我を癒したりされているんですから怠け者ではありませんよ。聖女様と違って俺はそういうことができませんから、これぐらいのことはさせてください」

　ベイルは肩を竦めて箒を持ち上げる。

　ルナは釈然としない様子で首を傾げてから、「そう、ですか……？」と疑問交じりながらも一応納得してみせた。

◆

「せ、聖女様。今少しいいですか？」

その日の昼下がり。

子どもたちが庭を駆けまわり、あるいは庭に咲く花を摘んで色々なものを作っていたり、ヒースとベイルの鍛錬の掛け声が元気よく響き渡る中、赤髪の少女がルナに駆け寄ってきた。

その赤い瞳は不安に揺れている。

年のころは、丁度ヒースと同じぐらいか。

声に気付いたルナは、少女に視線を向ける。

「大丈夫ですよ。どうかされましたか？　アルマさん」

アルマはパッと笑顔を咲かせる。

ふんわりとしたショートカットも合わさってか、その姿は愛くるしい。

とてとてとさらにルナに近づくと、後ろ手を前に突き出した。

その手には、一つの小さな紙の袋がある。

「これを、私に……？」

顔を真っ赤に染めるアルマが小さくこくりと頷いたのを見て、ルナはその紙袋を丁重に受け取る。

と同時に、アルマが話し出した。

「それ、クッキーなんです。ヒースにあげる予定なんですけど、先に聖女様に食べてみて欲しくて」

「……？　ああ、なるほど。要するに味見をして欲しいということですか？」

「は、はい！……お願いできますか？」

こちらを見上げてくるアルマ。

少女の無垢な頼みを断れるはずがない。

ルナは笑顔を返しながら「もちろんですよ」と答え、袋を開けてクッキーを一欠片取り出した。

一見したところ、よくできている。

程よく焼けていて、焦げもなく、大きさも硬さもちょうどよさそうだ。

アルマが固唾をのんで見守る中、ルナはクッキーを口に含んだ。

サクッという小気味の良い音と共に、クッキーが口の中でほろりと崩れる。

ほのかな甘み。それと同時に芳ばしい香りがふわりと広がる。

味見役であることを加味した上でじっくりと味わってから、ルナは口を開いた。

「とても美味しいですよ。これならヒースくんも喜んでくれると思います」

「ほ、本当ですか！　ありがとうございます！　よかったぁ……」

アルマはホッと胸を撫でおろすと、嬉しそうに微笑む。

きっと、ヒースにクッキーを上げた時の彼の反応を想像しているのだろう。

ルナは、アルマがヒースに好意を寄せていることは知っている。

今回のように何度も相談を受けているのだ。

といっても、ルナ自身他人にアドバイスをできるほど恋愛経験が豊富なわけではない。

むしろ、状況的にはアルマと似通っているか。

だから一方的にアドバイスをしているというよりは、彼女が相談してきた事柄をルナも吸収して実行している、いわゆる相互扶助関係というのが適当だ。

今回もまた、ルナはクッキーをもう一つ手に取りながら首を傾げてアルマに聞く。

「それにしても、どうしてクッキーを？」

「あ、その、……男の子は胃袋から掴むものだって、お母さんが」

羞恥に悶えながら、母から聞いたことをそのまま伝えるアルマ。

ルナは顎に手を当てると、頷いた。

「なるほど、胃袋から……」

ちらりと、視線をベイルに向ける。

今日も汗一つかくことなく、ヒースの必死の剣劇を躱している。

しばし見つめてから、ルナは「よしっ」と決意を固めたように頷くと、アルマに向き直って頭を下げる。

「アルマさん、ありがとうございますっ」

「ふぇ？　どうして聖女様がお礼を言うの？」

「い、いえ、なんでもありません……！」

白い頬を朱に染めて、ルナはアルマから顔を逸らす。

逸らした先にはやはりベイルがいて、ルナはさらに顔を真っ赤にした。

◆

「ベイルくん、明日の食事は私に任せてくださいませんか？」

夜。子どもたちの喧騒がなくなり静かになった教会内。

その奥の食堂でいつも通りの食卓を囲んでいると、突然ルナがナイフとフォークを皿の縁に置いて、ベイルに切り出した。

ベイルは目を丸くすると、そのまま首を傾げる。

「え、また急にどうしたんですか？　もしかして、朝のことをまだ気にされていたり？」

「……ま、まあそんなところです」

歯切れの悪い返しにベイルは怪訝そうにしながらも、少し考え込む素振りを見せる。

彼女と暮らし始めてから一年が経つが、ルナが料理をしている姿をベイルは見たことがない。

というよりはベイルが毎日食事の用意をしていたために、する必要がなかったというのが正しいのだが。

ともかくとして、恐らくだがルナは料理ができないはずだ。

万が一にも包丁で手を斬ったり、熱湯で火傷をしたり、油をひっくり返したり……。

「…………」

脳裏でルナが料理をする姿を想像すると、どうしてかそんな不吉な光景ばかりが浮かび上がってくる。

思わず眉間に皺を寄せていると、ルナが「ベイルくん？」と気づかわし気に声をかけてきた。

それに反応して、ベイルはルナをちらりと見つめる。

年頃の女の子は、料理や裁縫などに興味を持つものらしい。

ルナも十七歳。そういう意味では、彼女が今料理に興味を抱き始めていてもおかしくはない。

そして、彼女がやりたいと思うことをとめるつもりはベイルにはない。

自分が傍で見守っていれば大丈夫か。

ベイルは息を吐くと、ルナに微笑みかけた。

「わかりました。……では、明日の昼食をお願いします。朝は忙しいですからね、焦って包丁で手を切ってしまっては料理どころではなくなってしまいますから」

「む、ベイルくんは私がそんな初歩的なドジを踏むと思いますか？」

「あれ？　もしかして聖女様、料理の経験が？」

不服そうに膨れっ面になったルナを見て、ベイルは「おや？」と首を傾げる。

聞かれて、ルナは胸に手を当てると自慢げに口を開いた。

「任せてください！　一年間ベイルくんのご飯を食べ続けた私に死角はありませんっ」

「……あ、やっぱり料理をした経験はないんですね」

一体その自信はどこからくるのかと、ベイルは思わず苦笑する。

そんな彼を見てルナは一層不満そうにする。

ばつが悪くなったベイルはコップに手を伸ばし、水を呷ってから再度ルナに視線を送る。

「では、明日の昼食を楽しみにしていますね」

ベイルの言葉に、ルナは満面の笑みを浮かべる。

「はいっ！　頑張ります！」

◆

夕食を終え、食器を洗い終えて食堂に戻ってきたベイルが右手に乗せているトレイの上には、ティーカップがある。

朝から夜まで忙しい教会で、紅茶を片手にゆっくりと雑談に興じる夕食後のこの時間は二人にとってとても大切なものだ。

話の内容は、大抵食事の時に交わした話題を掘り下げたもの。

取り留めもない、明日になれば忘れてしまうような話ばかりだが、それぐらいがちょうどいいのだと二人は思う。

ソーサーと共にティーカップを差し出され、ルナは「ありがとうございます」と微笑んで受け取る。

トレイの上にある砂糖とミルクをカップに注ぎ、ティースプーンで静かに混ぜる。

その間、ルナはチラッと対面に座るベイルの様子を窺う。

自分も結構な量砂糖とミルクを入れたが、ベイルはそれを上回る量を入れている。

真面目で大人なベイルがその印象に反して甘党なのが少し可笑しくて、ルナは密かに笑みを浮かべた。

「あ、そうでした……っ」

「？　聖女様……？」

何かを思い出したように両手を合わせるなり立ち上がり、食堂を去っていくルナの背中をベイルは不思議そうに見つめる。

少しして、その手に小さな紙袋と平皿を一枚携えて戻ってきた。

「ベイルくんと後で一緒に食べようと思って残していたんです」

椅子に座りなおすと、同時にガサガサと袋を開ける。

そして、平皿の上で紙袋を逆さにした。

袋の中に入っていたクッキーが平皿の上に広げられる。

それを見て、ベイルは意外そうに声を零す。

「クッキー、ですか」

「はい、アルマさんにいただきました！」

「へぇ、アルマが。うまくできていますね……」

平皿に並べられたクッキーを見て、ベイルは感嘆の声を上げる。

「とても美味しかったんですよ！　ベイルくんもどうぞっ」

ルナは一枚手に取ると、微笑みながら平皿をベイルの方へと押しやる。

「いいんですか？　これは聖女様がいただいたものでは……」

「いいんですっ。ベイルくんにあげてもいいと、アルマさんにお許しもいただきました。美味しいものは誰かと一緒に食べるともっと美味しいですから」

「で、では。いただきます」

ベイルは平皿に手を伸ばし、クッキーを一枚手に取る。

そして、微笑むルナを見ながら口に放り込んだ。

「……んまい」

「ふふ、そうでしょう？」

「ええ、とても美味しいです。これをアルマが。……今度作り方を教えてもらいましょうかね」

昔と比べると料理が得意になったとはいえ、お菓子系に関する知識は全くない。

少なくとも今食べているクッキーを作れるかと訊かれて、作れると答える自信がベイルにはない。

「………………」

対面では、ルナもクッキーを口に運び、もぐもぐとしている。

その表情はとても幸せそうで、ベイルは彼女のその顔を見てつい口元を綻ばせる。

やはり年頃の女の子。甘いものやお菓子は好きらしい。

ルナが喜んでくれるなら、お菓子作りを勉強するのも悪くないかもしれない。

……何より、自分も食べたい。

ベイルは平皿にすっと手を伸ばすと、さていつアルマに教えてもらおうかと今月の予定を脳内で整理し始めた。

◆

「夜なのにたくさん食べてしまいましたね」

平皿の上を埋め尽くしていたクッキーを綺麗に平らげて、ベイルは思わず苦笑する。

その言葉に、ルナはむっと頬を膨らませる。

「ベイルくん、こういうのは気にしたら負けなんですよ！　体重とかは気にしたらダメですっ」

「別に体重の話はしていないじゃないですか……」

気にしているんだなと、ベイルは内心で肩を竦める。

個人的にはもう少し食べてもいいと思うぐらいだが、本人が気にするのなら明日の朝食は軽めにしておこう。

「それにしても、本当に美味しかったですね。アルマには今度何かお礼をしないと」

「そうですね。あ、教会で育てているハーブはどうですか？」

「いいですね。ハーブティーはきっとクッキーにもあいます。……そういえば、アルマはどうしてクッキーを？」

「それは……」

ベイルに聞かれて、ルナは固まる。

ベイルは、アルマがヒースに好意を寄せていることなど知らない。

アルマもあまり知られたくはないだろう。

何より、胃袋を掴むために作ったクッキーの味見を頼まれた、などと言っては明日自分が昼食を作る目的が明け透けになってしまう。

結局ルナは「ど、どうしてなんでしょう……？」と曖昧な笑みでその場を濁す。

——っと、突然ルナは何かに気付いたように固まる。

徐々に、元々白い顔を蒼白させていく。

「その、ベイルくん!」

「は、はい……?」

鬼気迫る表情で突然身を乗り出してきたルナに、ベイルは困惑する。

そんなベイルをよそに置き、ルナは真剣な表情で問う。

「その、アルマさんに胃袋を掴まれたりしていませんよね?」

「……へ?」

「ですから、……その、アルマさんのことを、好きになってしまったりとか……!」

いたって真剣といった様子のルナにベイルはぽかんとする。

そうしてから、ため息を吐いた。

「いくら歳が離れていると思っているんですか。九つも年下の子どもに手作りのクッキーを貰っただけで好きになるほど俺は節操なしじゃないですよ」

「そ、そうですよね……」

ホッと胸を撫でおろし、ルナは安堵の声と共にゆっくりと椅子に腰かける。

そんなルナに視線を送りながら、ベイルは冗談めかした笑みと共に口を開いた。

「聖女様は、時々突拍子もないおかしなことをおっしゃられますよね。少し天然というか。あ、いえ、バカにしているわけではないですよ。むしろそういう面も可愛いと思います」

「……フォローしたつもりですか」

ルナがむっとしたのを見てベイルは慌てて付け加える。

その見え透いた意図にルナは唇を尖らせるが、しかしその頬は赤く、語気もどこか弱々しい。

自覚はないのだろうが、とルナはため息を一つ。

それからジト目でベイルを見つめる。

「……それもこれも、全部ベイルくんのせいなんですから」

言葉と反してむしろ嬉しそうな語気で小さくそう呟いて、ルナは紅茶の残ったティーカップの縁に口をつけた。

◆

もうすぐ昼になろうという時間帯。

教会の厨房はいつもとは違い、妙な緊張感に覆われている。

「では、まずはこれを着てください」

昼食を作るために現れたルナに、ベイルは紺色のエプロンを差し出す。

ルナはそれを困惑気味に受け取ると、首を傾げた。

「これって、ベイルくんがいつも付けているエプロンですよね？」

「え、ええ。聖女様のエプロンがなかったので代わりに俺のを、と。すみません、嫌ですよね。別に多人数に向けての食事を作るわけではないので、今日はエプロンは付けなくても――」

「い、いいえ！　料理の時にエプロンを付けるのは常識です！　それに、私の服は白を基調としたものなので、汚れが目立ってしまいますから！　ですから、その、ベイルくんのエプロンをお借りしますねっ」

まくし立てるように早口でそう言って、ルナは急ぎエプロンを身に纏う。

その素早さに呆気にとられながら、ベイルは厨房のテーブルに視線を送った。

「今日のお昼はクリームシチューにしようと思います。食材は揃えておいたので、早速調理にとりかかりましょうか」

「は、はいっ」

エプロンを纏ったことで弛緩していた表情を引き締めて、ルナは返事を返す。

緊張で上ずったその声に、ベイルは苦笑いを浮かべた。

「手を洗ったら、早速具材を切るところから始めましょう」

ベイルに指示されて、ルナは両手を丁寧に洗う。

その表情はいつもより硬い。

昨日は自信満々だったが、いざ厨房に立ってみて不安になったのだろう。

怪我をさせないように注意しなければと、ベイルは密かに決意する。

「まずは野菜のカットからやりましょうか。今日使うのはニンジンとジャガイモ、それに玉ねぎです。皮を剥いたら一口大に切っていきましょう。少し俺がやりますね」

「わ、わかりました」

ニンジンを手に取り、包丁を握る。

刃を当ててニンジンの皮を剥いていくベイルの姿を、ルナはまじまじと見つめる。

「すごいです、ベイルくん！　ニンジンの皮がみるみるうちに剥けてますっ」

「……なんだか少し照れますね。俺も、本職の方と比べると大したことないですが……っと。剥き終わったら、適当にこう切っていく感じです」

まな板の上に乗せ、ニンジンを切ってみせる。

すぐ傍でルナが目を輝かせて見てくるものだから、少し恥ずかしい。

一本分だけ下ごしらえを終え、ベイルは包丁をまな板の上に置いた。

「さ、どうぞ。真似してやってみてください。……あ、手を切らないように気を付けてくださいね」

「は、はい。えーっと、包丁の刃を、こう当てて……」

恐る恐るといった様子でルナは包丁を握り、ニンジンに刃を当てていく。

それをすぐ傍からハラハラとしながらベイルは見つめる。

一応、厨房には包帯類を持ってきている。

万が一にも怪我をしても、すぐに治療はできる。

だがその懸念は杞憂に終わり、多少もたついたもののルナはニンジンの皮を無事剥き終えた。

「えっと、後はこれを一口大に……」

まな板の上に乗せてニンジンをカットしようとしたルナだったが、それを見てベイルは即座に止めに入る。

「聖女様、切る時は猫の手ですよ、猫の手」

「猫の手、ですか？」

一旦包丁を置くと、ルナは首をこてんと傾げてベイルを見る。

「手をこういう形に丸めると、包丁が安定するんですよ。怪我も減らせます」

「こ、こうですか……？」

猫と言われて、ルナは顔の近くで猫の手を作って見せる。

一瞬本当の白猫に見えて、ベイルは思わず吹き出した。

「ど、どうして笑うんですかぁ！」

「す、すいません。つい……」

ルナは「もう！」と拗ねたように頬を膨らませながら再び包丁を握り、ニンジンに手を添える。

そして、指摘されたとおり猫の手を作ってニンジンを切ろうとして、またしてもベイルは止める。

「聖女様、指の関節を包丁の刃にあてるように手を置いた方がいいです」

「指の関節を、あてるように……？」

「はい。……少し失礼します。――こんな感じです」

「――ひゃいっ⁉」

ベイルはルナの背中に回り込み、覆いかぶさるようにして彼女の手を上から握る。

そして、正しい位置へと誘導する。

だが、突然のベイルの行動に彼の胸の中でルナは顔を真っ赤にして固まった。

「聖女様？」

反応を示さないルナを不思議に思い、ベイルは声をかける。

耳まで真っ赤にしながらルナは肩をワナワナと震わせると、包丁をそっと置いて振り返った。

「な、なにを考えているんですか、ベイルくん！　デ、デデ、デリカシーがなさすぎです！――はうっ⁉」

「せ、聖女様⁉」

一息にベイルの行動に不満を言い連ねたところで、振り向いたことで彼の顔が至近距離にあることに気付き、ルナはその場にへろへろとへたり込んだ。

◆

「……その、本当にすみませんでした」

鍋の中でぐつぐつと音を立てるクリームシチューをかき混ぜるルナに、ベイルは改めて頭を下げる。

あの後、冷静になって自分の行動を振り返ってみると、確かに異性に対して失礼な行動だったと思う。

あの時は調理をするルナを見守るのに必死でついそれを失念していた。

ルナは振り返ると、僅かに頬を紅潮させたまま言葉を返す。

「別に怒っていませんよ。……少し驚いただけで、嫌だったというわけではないですから」

「……え？」

「と、とにかくこの話はおしまいです！　どうですか、ベイルくん。もう完成じゃないですか？」

話を強引に切り上げて、クリームシチューへと話題を変える。

ベイルは歩み寄ると、鍋の中を覗き見た。

「いい感じですね。では、皿に盛り付けましょうか」

「はい！」

嬉しそうに笑顔を浮かべて、ルナはベイルが持ってきた皿にそーっとシチューを注いでいく。

そして、パセリを少しちらして――。

「で、できました！」

満面の笑みを浮かべて、ルナはベイルに見せる。

少し焦げて黒くなってしまってはいるが、初めてにしては上出来ではないだろうか。

初めて自分で作った料理を嬉しそうに見せてくるルナに、一年ほど前彼女に初めて料理を振舞った時の自分を重ねながら、ベイルは微笑む。

「とても美味しそうにできていますよ。冷めないうちに食べましょうか」

「そうしましょうっ」

当初の目的を忘れて興奮するルナ。

急ぎ付け合わせのバケッドを用意して、食堂のテーブルに並べる。

「では、いただきましょう」

「はい！」

手を合わせて、祈りを捧げる。

そうしてから、ルナはスプーンを手に取り、シチューを掬う。

「……苦いです」

一口食べて、ルナはそんな感想を零した。

「まあ少し焦げてしまいましたからね」

ある程度予想はしていたと、ベイルは苦笑いを浮かべながら自分もシチューを掬う。

が、そんなベイルにルナは制止の声をかける。

「ベイルくん！　その、食べない方がいいですっ。本当に苦いですから！」

「俺は気にしませんよ」

「私が気にするんですぅ……」

ルナの制止を無視して、ベイルはシチューを一口食べる。

その様子をルナは涙目で見つめる。

もぐもぐと口を動かし、味わってからベイルは口を開いた。

「おいしいですよ、聖女様」

「お世辞なんていいですから、無理に食べなくてもいいですよ。残りは私が食べますからっ」

「無理なんてしてませんって。……うん、おいしい」

そう言ってまた一口食べるベイルの表情は穏やかで、我慢して食べている様子はない。

ルナは首を傾げると、自分もシチューをもう一口食べる。

だが、やはり苦い。

ルナが一人困惑していると、ベイルは突然シチューを掬う手を止めて柔らかな笑みを浮かべた。

「自分のために作ってくれたご飯って、こんなにおいしいものなんですね」

「――――」

そういえば、と。ルナは一年ほど前のことを振り返る。

この地に来たばかりで、教会での生活もあまり慣れていなかったころ。

ベイルが自分のためにと作ってくれた食事は今と比べるとお世辞にも美味しいとはいえないものだったけれど、心の底から美味しいと感じていた。

大好きな人が自分のために一生懸命に作ってくれた食事は、きっとそれだけで美味しいのだ。

「……ベイルくん、いつもありがとうございます」

突然ルナに感謝の言葉を言われて一瞬なんのことかと不思議そうにしたベイルだったが、すぐにその真意に辿り着き、表情を綻ばせる。

「こちらこそ、ありがとうございます」

第二章

「……あ、しまった」


春といってもまだ少し肌寒い早朝。

厨房で朝食の準備をしていたベイルは、胡椒の入った瓶を鍋に傾けてから苦い顔をする。

胡椒が底をついたのだ。

ちらりと棚に並べられた調味料や香辛料に視線を向けると、そのほとんどが残り少ない。

今日は買い出しか。

スープの味見をしながら、ベイルは漠然と今日の予定を組み替えた。

◆

「——ということなので、この後昼前まで少し買い出しに行ってきます」

朝食の場で、ベイルは今朝の出来事をそのまま伝える。

すると、ルナは「そうですか、わかりました」と応えた後、表情を暗くする。

「聖女様、どうかしましたか？」

「……いえ、少し寂しくなるなって。ベイルくんがいないと、私は教会で一人ですから」

「大袈裟ですよ。買い出しを終えたらすぐに戻りますから」

ルナの大仰な物言いにベイルは苦笑しながら返す。

だが、表情が暗いままのルナを見かねて一つの提案をする。

「その、聖女様も一緒に来ますか？」

「！　いいんですかっ」

途端、今度はパッと表情を明るくするルナ。

わかりやすいなと思いながら、ベイルは窓の外に視線を向けた。

青空を春の雲が覆っている。

これならば、日差しも多少弱まるだろう。

「今日は曇り空ですからね。少し村の中を回るぐらいなら大丈夫でしょう。それに、もうすぐ巡回もありますから、慣れておくに越したことはないかと」

「い、急いで食べますっ」

慌てて朝食に手を伸ばすルナに、ベイルは苦笑いを浮かべる。

「朝食を食べた後すぐに買い出しに行くわけじゃないですよ。掃除とかをしてから行くつもりなので、ゆっくり食べてください」

「ふぁ、ふぁい」

リスのように口をもごもごさせるルナを見て、ベイルは思わずぷっと吹き出した。

◆

ベイルたちが暮らすこのノーティス村は、スチュアート共和国の最南端に位置する。

四方八方を山々が取り囲む、いわゆる盆地の中央に位置するノーティス村は、夏は暑く、冬は寒い。

山から流れ出た水が草原を満たし、初夏には水害の被害に見舞われることもままある。

それゆえ外部から人がくることはあまりないが、だからこそベイルたちはこの場所を拠点にした。

教会を出て商店街へ連なる通りを進んでいると、前方から見知った赤髪の少女がこちらへ駆け寄ってきた。

「牧師様、聖女様、おはようございます！」

にぱっと笑顔を浮かべるのは、この村の少女アルマだ。

ベイルとルナはほぼ同時に挨拶を返すと、アルマが不思議そうに首を傾げた。

「牧師様と聖女様が二人で教会の外にいるの、珍しいですね。巡回ですか？」

月に一度、ベイルとルナは村の家々を回る。

一年ほど前に、村での生活に馴染むために牧師としての仕事も兼ねて始めた活動だったが、今ではすっかり習慣になっている。

アルマの問いにベイルは「違う違う」と首を振る。

「今日は買い出しだ。巡回は来週の休息日の前日だな」

「そうなんですね。二人でお買い物って、なんだか夫婦みたいですね」

「ア、アルマさんっ⁉」

突然の爆弾発言に、傍にいたルナがあたふたとしながら顔を真っ赤にする。

それから、ちらりとベイルの様子を窺った。

「……ところで、アルマこそ一人でどうしたんだ？」

「スルーですか！」

ルナは思わず突っ込みを入れる。

「？　どうかされましたか、聖女様」

「い、いえ、なんでもありません。……ベイルくんは意地悪です」

密かに唇を尖らせてベイルに非難の眼差しを向ける。

だが、彼は既にアルマと話していた。

ベイルに訊かれて、アルマは思い出したように手に持っていた手提げカバンから袋を取り出す。

「今から教会に行こうとしていたところなんです。この間のハーブのお礼に、お母さんがクッキーを焼いたので。いただいたハーブで作ったハーブクッキーなんです！　あの、お母さんのクッキーは本当に美味しいので」

そう言って、おずおずとアルマが袋を渡してくる。

ベイルは思わず肩を竦めた。

「あのハーブはアルマへのお礼のつもりだったからお返しなんていらないんだけどな。でもまあ、折角だし貰っておくよ。お母さんによろしく伝えておいてくれ」

「わ、わかりましたっ」

ぎこちない仕草で頭を下げてくるアルマを微笑ましく見ながら、ルナに「行きましょうか」と告げる。

アルマと会釈を交わしてから歩き出し、しかしベイルは足を止めて振り返る。

「アルマ」

「は、はい……？」

別れの挨拶をした直後に再び声をかけられて、アルマは不思議そうに首を傾げる。

ベイルは一つ咳払いをしてから、真っ直ぐにアルマを見つめて口を開いた。

「あんまり大人をからかうんじゃないぞ。……その、俺も恥ずかしいんだからな」

僅かに赤く染まった頬を隠すようにベイルは手を口元に当てる。

一瞬怒られたのかと思ってシュンとしたアルマだったが、彼のその反応に面食らう。

そんなアルマに「じゃあな」と言い残し、ベイルは少し前を歩くルナの背中を追った。

「アルマさんと何を話していたんですか？」

駆け寄ってきたベイルにルナは不思議そうに尋ねる。

ベイルはポリポリと頬を掻くと、苦笑しながら答えた。

「ポーカーフェイスも楽じゃないんだぞ、と」

「……？」

話の流れが理解できず、ルナは眉根を寄せる。

誤魔化すように、ベイルは笑いかける。

「ともかく、遅くなる前に早めに買い物を済ませましょう」

「そうですねっ」

ルナは無邪気な笑顔を浮かべると、笑顔そのままに駆け出す。

一瞬虚を突かれて目を丸くしたベイルだったが、すぐに小走りで彼女の後を追った。

◆

「あ、それを一つ……」

商店街に来た二人は、当初の予定通り無くなりかけていた香辛料や調味料などを買い揃えている。

それほど大きな買い物をする予定はなかったのだが、行く先々でサービスをしてくれるものだからベイルが持つ荷物は大きくなっていた。

今胡椒を買っている店の店主も、小瓶を一つ注文しただけなのに二つつけてくれた。

もちろん有難いことではあるが、本当にいいのだろうかという疑問は尽きない。

「皆さんいい方ばかりですね」

「そうですね。少し恐縮してしまいます」

ルナの言葉に、ベイルは頷き返す。

歩きながら「ぼくしさまー、せいじょさまー」と声をかけてきた子どもに手を振り返した。

「ひとまずこれで今日買いたかったものは全て揃いました。お昼の準備もありますし、帰りましょうか」

「はいっ。……ベイルくん、その、半分持ちますよ？」

両手に茶色の紙袋を抱えるベイルに、ルナは心配そうに声をかける。

荷物を持つという提案は先ほどから再三しているのだが、ベイルが一向に譲らないのだ。

今回もベイルは笑い返すと、「大丈夫ですよ」と荷物を持ち上げて見せる。

そんなベイルに、ルナは不服そうに頬を膨らませた。

ノーティス村の商店街では、食品や雑貨品、衣服などが売られている場所はある程度固まっている。

先ほどまでは食品が売られている場所にいたが、丁度今は衣服などが売られるエリアに入った。

道端から声をかけてくる人たちに会釈をしたり手を振り返したりして応じていると、ベイルが店頭に売られているあるものを視界に捉えてその場に止まった。

「ベイルくん？」

帰ろうという話をしたばかりなのに立ち止まったベイルに、ルナは振り返りながら首を傾げた。

ベイルは荷物をなんとか片腕で抱えると、空いた右手で目の前の出店を指さした。

「そういえば、聖女様のためのエプロンをまだ買っていなかったなと。折角の機会ですし見ていきませんか？」

「エプロンを、ですか？」

ベイルの言葉を反芻しながら、指でさされた方を見る。

店頭に並べられているのは、赤、青、黄、黒、白など色とりどりで装飾も多彩なエプロンの数々だ。

ルナはそれらを見て目を輝かせてからちらりとベイルを見る。

「私は嬉しいですが、本当にいいのですか？　早く帰らなくても」

「別にエプロンを見るぐらい大丈夫ですよ。それに、聖女様が喜ぶのならいいに決まっています」

「……っ」

ベイルの言葉にルナは顔を真っ赤に染める。

そんな彼女よりも先に、ベイルは足を踏み出して出店の方へと向かい、ルナも慌てて追従する。

「お、いらっしゃい、牧師様、聖女様も」

店の番をしていた恰幅のいいおばさんがベイルたちの姿を認めて声をかけてくる。

ベイルは「どうも」と会釈をすると、エプロンを見つめる。

「この間買ったエプロン、もうダメにしたのかい？」

悩まし気な表情でエプロンを眺めるベイルに、店員は話しかける。

彼が今使っている紺色のエプロンは、実はここで買ったものだ。

それを買ったのがつい一月か二月前だっただろうか。

不思議そうに聞かれて、ベイルは「いえ」と否定する。

「今日は俺じゃなくて、聖女様のエプロンを見ようと思いまして。この間聖女様が料理をされたんですが、その時エプロンが俺の分しかなくて困ったんですよ」

「へぇ、聖女様が……」

話題が自分に向いて恥ずかしそうに俯くルナを、店員は見つめる。

そしてすぐに微笑ましそうに、そして何かを見透かしたような笑みを浮かべるとベイルに言い放つ。

「そういうことなら好きに見るといいさね。あたしもアドバイスぐらいはさせてもらうよ」

「い、いいえ、アドバイスなんてそんな大袈裟なものは」

慌ててルナがそう言うと、店員はちょいちょいと手で呼び寄せる。

困惑しながら、ルナは店員に歩み寄り、そして耳を近づける。

「可愛いエプロンを付けた女の子には、男なんていちころさね」

「――――」

小声でそう言われて、ルナは身を固くする。

そしてベイルに一瞬視線を送ると、すぐに店員に向き直る。

「ほ、本当ですか……？」

その返しは予想していなかったのか、今度は店員が驚いたように固まると、すぐに頬を赤くする。

「本当、本当よ。うちの旦那もあたしがエプロンを着て料理する姿に惚れてプロポーズしてきたって言ってたからねぇ」

「！　べ、ベイルくん！　アドバイスしていただきましょう！」

「え、はい。まあ聖女様のエプロンですからね。ご自由に選んでください」

突然意見を変えたルナに戸惑いながら、ベイルはそう返す。

返事を受けて、ルナはエプロンに視線を移す。

店員のアドバイスに何度も頷くルナを、ベイルは横から微笑ましそうに見つめている。

この村に来てよかったと、心底思った。

「ベイルくん。これとこれ、どちらがいいと思いますか？」

突然ルナに声を掛けられる。

ルナが右手に持っているのはフリルが多くあしらえてある桃色のエプロン。左手に持っているのはそれと反していたってシンプルなデザインの白と黒の入り混じったエプロンだ。

両方を見比べて、そしてその二つのエプロンの真ん中に立つルナに重ねて、「そうですね」と考え込む。

桃色のエプロンはいたって女の子らしく、可愛らしいが、ルナに似合っているかと問われると疑問が残る。

実際彼女ならば何を着ても似合うのだろうが、どうしてもベイルが抱いている彼女の印象からは離れてしまう。

少しの間をおいて、ベイルは白と黒のエプロンを指差した。

「こちら、ですかね。……あ、あくまで俺のイメージ的にはなので、聖女様は自分が気に入った方を選んでください」

「いえっ、ベイルくんがこちらを選んだのなら私もこれがいいです！……これで、お願いします」

「あいよ」

終始表情を緩ませながら、店員は渡されたエプロンを受け取る。

ルナが懐に手を入れてお金を取り出そうとするが、それより先にベイルが店員にエプロン代を渡した。

「ベイルくん、これは私のものなので私が……」

「いえ、これは俺からのプレゼントですよ。今日買い物に付き合ってくださいましたし、そのお礼です」

「付き合ったって、私何もしていないじゃないですかぁ……」

ベイルの優しさに嬉しそうに表情を弛緩させながら、しかし納得いかないといった様子で膨れる。

二人のやり取りに店員は苦笑した。

「はい、どうぞ。聖女様、頑張るんだよ」

「……っ」

顔を真っ赤にして、ルナは袋に入れられたエプロンを受け取る。

軽く会釈をして、店を離れた。

◆

「ベイルくん、ありがとうございます」

商店街を出て、村のはずれにある教会へ戻りながらルナはベイルに頭を下げた。

その胸では先ほど買ったエプロンが大切そうにギュッと抱えられている。

横を歩くルナに視線を向けると、ベイルは微笑んだ。

「喜んでいただけたみたいで俺も嬉しいです。今日のお礼にと言っておいてあれなんですが、また俺に料理を作ってください。聖女様の作る料理、楽しみなので」

「はい！　もちろんですっ」

満面の笑みを咲かせてルナは頷いた。

と、ベイルは真剣な表情でルナを見つめる。

「それよりも、体調の方は大丈夫ですか？　少し顔色が優れないような気がしますが」

「だ、大丈夫です！」

むんっと胸を張るルナを、ベイルは疑わし気に見つめる。

――その時。

「きゃっ⁉」

「聖女様⁉」

突然ルナがその場でふらつき、ベイルは慌てて彼女の背に手を回して支える。

同時に、自分の胸の中におさまったルナに抗議の眼差しを向ける。

「ほら、やっぱり無理していたんじゃないですか」

「す、すみません……」

近くで見ると、ルナが汗を多くかいているのがわかる。

巡回の時は家に立ち寄った際にある程度休憩を挟めるが、今日はずっと外で歩きっぱなしだった。

短時間とはいえ負担になっていたのだろう。

ベイルはため息を吐くとその場にかがみ、ルナに背中を差し出す。

「乗ってください」

「で、でも、私汗をかいて……」

「俺は気にしません。それよりも聖女様の体の方が大事です」

「だから、私が気にするんですよぅ。それにそれに、重たいですしっ」

「聖女様一人背負うぐらいなんてことないですよ。俺がそんなやわな人間じゃないことは、聖女様も知っているでしょう？」

「それはそうですが……」

ルナはなおも躊躇ってから、しかしおずおずとベイルの背に乗っかかる。

頭痛がはしり、ルナは僅かに顔を顰めた。

「いきますよ。しっかり掴まっていてください」

言われて、ルナはベイルの体の前に回した両手に力を入れる。

それを確認して、ベイルは立ち上がった。

「……重たくありませんか？」

不安そうに、ルナは耳元で囁く。

「大丈夫ですよ。むしろ腕に抱きかかえている荷物の方が重たいぐらいです」

「それは言い過ぎですよ」

明らかなベイルの冗談に、ルナは苦笑する。

そうして、すぐ近くにあるベイルの首筋をボーッと眺める。

「ともかく、これに懲りたら体調が悪くなったらすぐに言ってくださいよ。あまり無理をしないでください。俺に気を遣う必要はないですから」

「……ごめんなさい」

背中の上で頭を下げる。

別に無理をしていたわけではない。

ただ、エプロンを買ってもらったことが嬉しくて体調の悪さを自覚していなかっただけだ。

黙って教会へ足を進めるベイル。

ルナは頬を紅潮させると、彼の背に顔を押し当てて笑みを浮かべる。

「でも、こうしてベイルくんにおんぶをしてもらえるなら少しぐらい無理をしてもいいかもしれませんね」

そう呟き、それからすぐにルナはふふっと微笑む。

「冗談ですよ？」

「……冗談でもやめてくださいよ」

ルナの冗談に、ベイルはため息を吐きながら肩を竦めた。

◆

「やぁ、聖女様、牧師様。巡回お疲れ様」

「お邪魔します、アドレーさん」

白衣を身に纏った初老の男性に、ベイルは頭を下げる。

今日は月に一度の巡回の日。

朝食を摂り終え、教会の掃除をしてからベイルとルナの二人は村の家々を回っていた。

今は丁度、村の中心部に位置する小さな診療所に顔を出したところだ。

ベイルたちが診療所のドアを開けると、この村唯一の医者であるアドレー・ロットンが二人を出迎えた。

髪の毛一本生えていないツルツルの頭部と、恰幅の良い体躯と、強面が合わさって、一部の子どもたちの間では〝鬼のアドレー〟という異名で恐れられているらしい。

だが、その外見に反して彼が子ども好きで温和な性格の持ち主であることをベイルたちは知っている。

頭を下げながら診療所の中に入ってきた二人を、アドレーは六十という齢を感じさせる少し皺の目立つ丸顔をふにゃりと緩めた。

「聖女様もお疲れでしょう。お茶を用意してますから、ささっ、奥へ」

そう言って、アドレーは全身を使って奥へ繋がる扉を示す。

ルナの体が弱いことはこの村ではすでに周知のことであり、巡回の際、ほとんどの家がこうして彼女の体調を気遣ってくれる。

お陰でルナは村中を回ることができているのだ。

「お気遣いありがとうございます」

頭を下げ、アドレーに追従する。

場所を待合室から診療室へ移し、二人はそれぞれ用意された丸椅子に腰かけた。

「今日はもう結構回られたので？」

お茶の入ったグラスを差し出しながら、アドレーが訊く。

「ええ、丁度半分ほど回ったあたりです。夕方までには全ての家を回れるかと」

「それはそれは、お疲れ様です」

ノーティス村は人口がおよそ四百人、百世帯余りののどかな村だ。

もうすぐ太陽が真上に昇ろうという時分。

午前中の間に五十世帯ほどの家を訪問できた。

アドレーは自身もまたお茶で喉を潤わせると、少し懐かしむ様な遠い目を二人に向けた。

「もう一年ですか、お二人がこの村に来られてから」

「ええ、その節はお世話になりました」

必死の逃避行を続けてこの村に辿り着いた二人を拾ったのが、アドレーだ。

彼はこの村に流れ着いたばかりの二人に診療所の一室を与え、そして村長に、当時前任者がやめて空いていた教会の牧師にベイルを推薦してくれたのだ。

もちろん部外者である二人を迎え入れることに反発する者も多くいたが、巡回の甲斐もあってか今ではこの村に馴染めている。

ともあれ、アドレーは二人にとっての恩人だ。

ベイルとルナがまたしても頭を下げると、アドレーは頭をポリポリとかいて照れ笑いを浮かべる。

「よしてくだされ。今の生活があるのも、お二人の人徳があってこそ。悪人であれば今頃この村を追い出されていたでしょう。それに私は、傷ついた人を見捨てるために医者になったわけではありませんからな」

本当に誠実な方だと、ベイルは尊敬の念を抱く。

これまで多くの人間と接してきたが、彼ほどの人格者をベイルはあまり知らない。

「ところで、アドレーさんはお体の具合が悪かったりとかはありませんか？」

本題に移る。

巡回ですることは大きく分けて二つ。

何か怪我をしている者がいないかを訊き、ルナの力で癒すこと。

そしてもう一つが他愛もない世間話をすることだ。

アドレーはわっはっはっと快活な笑い声を上げると、胸を強く叩く。

「私の体は丈夫でしてな。今日も変わらず万全の体調です」

「それはよかったです。アドレーさんには元気でいていただかないと」

稀人として特別な力を持つルナが癒せるのはあくまでも外傷だけ。

例えば病気などは、高熱をある程度抑えることができてもその原因までを解消することはできない。

この村では切り傷の類はルナのところで、病気の類はアドレーのところで診てもらうことが今では常識になっている。

お陰で外傷の手当のやり方を忘れてしまいました、と今のような高笑いと共に冗談交じりで言い放ったのがつい先月のことだったか。

ベイルとアドレーが話し込んでいる間、ルナは体を休めながら視線を彷徨わせる。

ふと、部屋の壁際に置かれている薬品棚に目がいき、声を漏らした。

「凄い薬の量ですね……」

「ああ、これは解毒薬ですよ。春ですからなぁ、色々な生き物が目を覚まします。中には毒を持ったものも。この季節、結構多いんですよ。草原で遊びまわっているうちに毒を持った生き物に足を噛まれたりする子どもが」

苦笑しながらアドレーが応える。

彼曰く、中には死に至る恐れのある猛毒を持った生き物もいるらしいが、数日以内に解毒薬で適切な処置をすれば問題ないのだそう。

もちろん子どもたちには遊ぶ時に気を付けるよう各家庭で指導しているらしいが、外を元気に遊びまわることを止めることはできない。

「だから、たくさん作ってあるんですね」

「ええ。あるに越したことはありませんからな」

確かにそのとおりだと、お茶を啜りながらベイルは頷く。

丁度その時、ゴーン、ゴーンという重たい鐘の音が遠くから聞こえてきた。

それを聞いて、アドレーは「おや？」と片眉を吊り上げた。

「もうこんな時間ですか。すみませんな、引き留めてしまって」

「いえ、こちらこそお忙しいところありがとうございました。また何かあれば、教会にいらしてください」

ベイルとルナは立ち上がると、アドレーに向けて会釈をする。

アドレーの柔和な笑顔に見送られながら、二人は診療所を後にした。

◆

「それでねえ、言ってやったのさ。おととい、きやがれってねっ」

場所を移し、とある民家。

腰痛を訴えるおばあちゃんの治療をしているルナは、うつ伏せになりながら威勢のいい声で武勇伝を語るおばあちゃんに苦笑いを浮かべていた。

ベイルは隣の部屋でおばあちゃんの娘さんとお茶を飲んでいる。

ちなみに、おばあちゃんが今語っている武勇伝は若いころにナンパしてきた男を一蹴した話だ。

腰を擦るルナの手は淡く光り輝いている。

治癒の力が発動している証左だ。

おばあちゃんは気持ちよさそうな声を漏らしながら、ふと目を細めた。

「そういや、聖女様は今幾つだったかしら」

「十七です」

「ほお、そうかいそうかい！　うちの孫と一緒さね」

「そうなんですねっ」

微笑みながら、ルナは彼女の腰を擦り続ける。

すると、おばあちゃんはニヤリと笑みを浮かべた。

「どうだい、うちの孫なんて。よく働くよ？　見た目もそれほど悪かねえ」

「え？……ぁ、いえ、その」

一瞬彼女の言っていることの意味がわからず首を傾げたルナだったが、すぐにその意味に思い至り、顔を真っ赤に染めてあたふたとする。

そんな彼女の反応をくっくっとおばあちゃんは面白がる。

「あんたももういい歳だ。そろそろ生涯を共にする相手を探し始めても悪くないと思うけどねえ」

おばあちゃんの言葉にルナは不意に腰を擦る手を止めると、隣室で語らうベイルに視線を向ける。

そうして、ギュッと口を引き結んでからおばあちゃんの耳元に顔を寄せる。

「……その、私はもう探す必要がないと言いますか、探せないと言いますか」

か細い声で照れたようにそう囁くルナ。

おばあちゃんはそれを聞いて目を大きく開けると、ちらりとベイルに視線を移してにやりと口角を上げる。

「冗談に決まってるさね。この村の若いのが誰もあんたに声をかけないのは、皆もうわかってるからさ」

「それはどういう……？」

「あー、楽になったよ！　ありがとう、聖女様」

首を傾げるルナをよそに、おばあちゃんは立ち上がりながら感謝の言葉を口にする。

それを聞いて、隣室で彼女の娘と世間話をしていたベイルが顔を向ける。

「お疲れ様です、聖女様。おばあちゃんも。また辛くなったら教会にいらしてください」

「はいはい、わかってるよ。しっかしあんたも罪な男だねえ」

「へ？」

おばあちゃんの言葉にベイルは困惑を、ルナは顔を真っ赤にさせる。

「あんたが幸せ者だってことだよ。なにせ聖女様に――」

「うわー！　あうわー！　お、おばあちゃん！　いきなり何を言っているんですか！」

「ふぉっふぉっふぉ、今更照れなくてもいいじゃろうに」

勢いよく立ち上がり、大声を上げながら手を体の前でパタパタとさせるルナに、おばあちゃんは笑い声を上げる。

取り残されたのはベイルだ。

「？　聖女様、どうかされたんですか？」

「それ以上訊いたらたとえベイルくんでも許しません！」

「どうしてですか⁉」

自分から顔を思いっきり背けて頬を膨らませるルナに、ベイルは心からの疑問を放った。

◆

「お疲れさまです、聖女様。次が最後ですからもう少し頑張ってください」

陽が傾き、空の一部がオレンジ色に染まり始めたころ。

村の道を歩きながら、ベイルは隣を歩くルナに気遣わしげにそう声をかける。

ベイルの言葉にルナは首を横に振った。

「いいえ、皆さんのお陰でそれほど疲れていませんよ。ベイルくんこそ、大丈夫ですか？」

「大丈夫ですよ。アドレーさんを真似するわけではありませんが、俺も体は頑丈な方なので」

ベイルの物言いにルナはくすりと笑う。

と、不意に二人は一軒の家屋の前で足を止めた。

ここが最後の巡回先だ。

すぐ隣には教会が見える。

「モートンさん、巡回に来ました。ご在宅ですか？」

玄関越しに、ベイルは家の中へそう言葉をかける。

遅れてドタバタという物音が聞こえて、玄関の扉が開けられた。

「やあ、ベイル。聖女様も」

中から現れたのは、長身でガッチリとした体躯ながら優しい顔つきをした、深い青色の髪と、同色の瞳が特徴的な男だった。

次いで、彼の背中からひょこりと一人の女性が顔を出す。

「お疲れさまです、牧師様、聖女様」

おっとりとした口調でそう声をかけてきた女性は、同性と比べると長身ではあるが、モートンの隣に立つと小柄に見える。

栗色のふわふわとした長い髪を背で一つに纏め、同じ色の柔らかな眼差しを放つ瞳は彼女、シェリー・ミールのチャームポイントだ。

教会のすぐ近くに建つこの家屋で、モートンことチャド・モートンと、シェリー・ミールはもう一年以上も前から同棲している。

二人がかけてきた言葉に軽く頭を下げて、家の中に入る。

小さな家だが、二人で暮らす分には十分だろう。

客間へと続く廊下を進みながら、チャドが声をかけてきた。

「そうだ、ベイル。うちのがまた卵を産んだんだ。後で持って行くといい」

「いつもすみません」

うちのが、というのが彼が庭で飼っている鶏のことだというのはもはや言われずともわかった。

普段は大工をしているチャドだが、時折鶏が産んだ卵をわけてくれる。

この家が教会のすぐ隣にあることから、二人は朝よく顔を合わし、言葉を交わしている。

チャドもシェリーも二十四歳で、ベイルとは三つしか離れていないこともあってか今ではとても親しくなっている。

いつだったか、チャドに「俺に敬語を使うな」と叱られたのは記憶に新しい。

ただ、いくら歳が近いとあってもチャドの方が年上なので、ベイルは一向に改めようとはしない。

客間につき、巡回恒例の質問を終え、今日最後の巡回場所ということもあって少し眺めの雑談に花を咲かせて、今日二度目の教会の鐘の音で話を切り上げる。

「二人を送っていくよ」

「わかりました。では、夕飯の準備をして待っていますね」

チャドの言葉に、シェリーは穏やかな語気でそう返す。

微笑み返して、チャドは二人を連れて家を出た。

「お見送りありがとうございます。この卵も」

教会の前に着き、ベイルは家を出る直前に貰った卵のはいった袋を掲げながら感謝の言葉を口にする。

気にしないでくれというチャドの言葉で解散になる。——と思っていたのだが、なぜかチャドは恥ずかしそうに首後ろを掻くとベイルたちを見て言葉を発してきた。

「突然で悪いんだけど、少し中に入れて貰ってもいいかな？」

◆

「それで、急にどうされたんですか？」

礼拝堂にチャドを招き入れてすぐ、ベイルは彼に尋ねる。

チャドは一瞬躊躇いを見せてから、面と向かって口を開く。

「――その、近々シェリーにプロポーズをしようと思っているんだ」

突然チャドが言い放った言葉に、ルナは「わぁっ」と表情を明るくさせる。

やはり女の子。こういう話には関心があるのだろう。

一方でベイルは冷静に問い返す。

「ええっと、その決心を俺たちに聞いてほしかったと？」

「いやあ、それもあるんだけど、ここからが本題でね。……俺、プロポーズなんてしたことないからどうすればいいのかわからなくて。それで、ベイルたちに相談できればと」

「なるほど……」

チャドの言葉にベイルは頷く。

彼が教会に入っていいかを尋ねてきた理由に得心がいった。

さすがにこの話を人の往来がある道の端で話すわけにはいかないだろう。

しかし、そうは言われても、

「俺にもプロポーズした経験はないですからね。お力になれるかどうかは」

「それはわかってる。ただ少し訊きたいんだよ。特に聖女様に。どういうシチュエーションでプロポーズされたら嬉しいかとか、断らないかとか」

「私、ですか……？」

突然名指しされて、ルナは驚きの声を上げる。

強く頷くチャドに、ルナは困惑気味にベイルをちらりと見る。

「そう、ですね。好きな人にプロポーズされて嬉しいシチュエーション……」

彼女にしては珍しく難しい顔をして真剣に考え込む。

そしてすぐに顔を上げると、ベイルに問う。

「ベイルくんは、どういう時にプロポーズしたいですか？」

「俺ですか？……いやあ、そんなこと考えたこともないので急に言われても」

そうだなぁと、今度はベイルが考える。

そしてすぐ、指を一本立てて口を開いた。

「何か、イベントごとの最後とかじゃないですかね？　普段とは違う特別なことのある日にプロポーズをすると決めたら、決心もつきますし」

「いいですねっ。ロマンチックです！」

ベイルの提案になぜかルナは頬を染めると、両手をあわせて微笑む。

チャドはなるほどと頷く。

「確かにそれはいいかもしれないな」

「いつまでにプロポーズするというのは決めているんですか？」

「いや、まだ全然。今はプロポーズをすると決めたところかな。一年以上も一緒に暮らしても俺の気持ちは揺らぐどころか一層強くなってね。それで決心したんだ」

突然の惚気話にベイルは苦笑を、ルナは少し照れてみせる。

チャドはこほんと咳を一つ吐くと、「ただ……」と続ける。

「いざプロポーズをすると決めても、少し怖くてね。彼女に断られたりしないだろうかって」

「お二人なら大丈夫ですよっ」

少し沈み気味のチャドを励ますべく、ルナは明るい声をかける。

「ありがとう。そうだといいんだけど」

ルナの隣で考え込んでいたベイルが、ふと口を開く。

「プロポーズをするタイミングですが、初夏にある聖霊降臨祭《ペンテコスタ》はどうですか？　時期的にもそう遠くないですし、その日の夜は草原で焚き火を囲みますからいい雰囲気になるとは思いますよ？」

「なるほど、聖霊降臨祭《ペンテコスタ》か……。うん、いいかもしれない。いや、いいぞ！」

突然チャドは礼拝堂の長椅子を勢いよく立ち上がる。

「ありがとう。お陰で決心できたよ」

「いえ、お役に立てたのなら何よりです。婚姻の際はお任せください。精一杯やりますから」

婚礼の儀を執り行う牧師であるベイルはそう声をかける。

チャドは一言、ありがとうと返し、それから頑張るよと付け加えた。

◆

「お互いを想い合って同棲までされているのに、どうして婚約を躊躇われているのでしょう」

チャドを教会の外まで見送って、戻りながらルナは疑問を吐露する。

「お二人がとても愛し合われていることは、誰の目から見ても明らかだと思いますけど。……シェリーさんがチャドさんのプロポーズを断るなんてあり得ません」

「さあ、俺はそんな経験があるわけではありませんからね。そのあたりの気持ちは当事者にしかわからないでしょう」

教会の扉を開けて中に入る。

ベイルは一息ついてから、続ける。

「……ただ、一緒に住んでいるからといってお互いの気持ちが完全に通じ合うわけではありませんからね。どれだけ愛し合っていても、結局は自分ではない他人。相手の気持ちに疑いが生じて恐れがでてしまうのは仕方のないことかもしれません」

「一緒に住んでいるからといって、お互いの気持ちが通じ合うというわけではない……」

小さな声で、ルナはベイルの言葉を反芻する。

その言葉にはなぜか重みがあった。

「？　どうかされましたか？」

複雑な面もちのルナを見て、ベイルは心配そうに尋ねる。

ルナは慌てて言葉を返す。

「い、いえっ。でも確かにベイルくんの言うとおりです。近くにいればいるほど気持ちは強くなるのに、伝えにくいことってありますから」

なぜか真に迫った物言いのルナに、ベイルは首を傾げる。

それからふと礼拝堂の通路の真ん中で足を止め、ステンドグラスを見上げながら苦笑混じりに口を開いた。

「まあ、早くくっつけばいいと思うのはわかりますけどね。あれだけお熱いんですから」

「本当ですよ！　誰の目から見てもわかるぐらいにラブラブなんですからっ」

「ご結婚されたら果たしてどうなってしまうんでしょうね」

ベイルとルナはチャドたちのことを思って笑い合う。

同じようなことを、ノーティス村の村民たち全員がベイルたちに向けて思っているとも知らずに。

◆

「そろそろ休憩にするか」

変わらず午後の時間の大半をヒースとの鍛錬に費やしているベイルは、その途中、ヒースの息が相当荒くなってきたことに気付き、そう提案する。

ヒースは泥のついた頬を拭いながら木刀を下ろし、息を整えながら頷いた。

鍛錬を始めた当初は同じような提案をしてもむきになって続けようとしていたものだが、最近では頑張ることと無理をすることの違いがわかってきたらしい。

ヒースは庭の隅に向かうと、その場にゆっくりと腰掛けた。

そんな彼を見つめながら、ベイルは小さく息を吐き出す。

彼に稽古をつけるようになってからかれこれ半年。

ヒースに剣の扱い方を教えてくれと頭を下げられて、ベイルは彼の監視も兼ねて引き受けた。

そのことを後悔はしていないし、むしろ引き受けてよかったと思っている。

ベイルの狙い通り、あれ以来ヒースは自分よりも弱い者にあたることはないし、何よりベイルにとってもいい運動になっている。

昔と違ってこの辺境の地に来てからは、ヒースとの鍛錬以外に特段動く機会がないのだ。

不意に、庭の隅に座り込んでいるヒースが物憂げな表情を浮かべていることに気付き、眉を寄せる。

普段生意気で快活なヒースがあのような表情をしているのはあまり見ない。

気になって、ベイルは彼の近くへ歩み寄る。

「どうかしたか？」

声をかけると、ヒースは顔を上げる。

「――隙ありッ！」

声をかけてきたのがベイルとわかると即座に傍らに置いていた木刀を掴み取り、ベイルの腹部へと振り上げる。

だがベイルはそれを容易く指で挟み、掴み取る。

「甘いぞ、ヒース。後、鍛錬の時以外は危ないからやめておけ」

「……悪い」

「わかればいいんだよ、わかれば」

木刀を離し、ヒースの隣に腰を下ろす。

それから、優しく問いかける。

「それで、どうしたんだ？」

同じ問い。

ヒースは一瞬身を固くすると、俯いた。

「なんでもねえよ」

「別に誤魔化すことはないだろ。こんなにいい天気なのに辛気臭い面しやがって。ほら、師匠に話してみろ」

「誰が師匠だっつの……」

ベイルの言葉にヒースは吐き捨てるように言うと、少しの間をおいて口を開いた。

「前にベイル、言ってただろ。守りたい人がいるから強いって」

「……そんなこと言ったか」

惚けるように返しながら、ベイルは内心よく覚えていたなと舌を巻いた。

明後日の方向を向くベイルにちらりと視線を送りながら、続ける。

「言ってたよ。それから俺、色々考えたんだ。俺は強くなって何がしたいんだって」

真剣な語気でそう語るヒースを見やり、ベイルは空を仰いだ。

まだ十二の少年が力の扱いについて考える。

そのことに少し大げさだが感動を覚えた。

「守りたい人がいるから強くなったってのは、少し違うな。順序としては逆だ」

ベイルの言葉に、ヒースは首を傾げる。

「これは、俺の知り合いの話だが――」

ベイルは目を細め、思い出すような声音で語りだした。

「そいつは生まれた時から一人っきりで、強くなければ生きていけない環境で暮らしていたんだ。孤児だったそいつは、引き取られた後も戦うことを強いられて、ただがむしゃらに強くなっていった」

黙ってこちらに耳を傾けるヒースに、ベイルは続ける。

「もちろん、当時そいつは自分がやっていることが正しいことなのかなんてわからなかったし、考えることもなかった。力を持つ理由なんて、持ち合わせていなかったんだ」

庭を吹き抜ける風が漆黒の髪を揺らす。

ベイルは僅かに口角を上げた。

「ただ、ある日そいつは一人の少女に出会ったんだ。自分とよく似た境遇の、まあ言うなれば可哀そうな少女に。だけどその少女はそいつとは違っていつも笑っていた。誰にでも優しくて、眩しかった。そいつはそんな少女に救われて、そうしていつの間にかその少女を助けたいと願うようになった」

ベイルはそこで言葉を区切ると、ゆっくりと立ち上がる。

青空に燦然《さんぜん》と輝く太陽に右手を透かし、目を細めた。

「――それが、そいつが力を持つ意味になった」

それまで何も考えてこなかったそいつが。

ヒースは立ち上がったベイルを見上げていたが、すぐに顔を伏せる。

「何言っているか、よくわかんねえよ」

「悪いな、子どもには少し難しい話だったたか」

「っ、バカにするんじゃねえ！」

ベイルの物言いに噛みつくヒース。

苦笑しながら、ベイルはわしわしとヒースの髪をかき乱す。

「ま、要は自分の力の使い道なんてものはそのうちできるもんなんだよ。むしろ今の段階から力の使い道について考えている時点で、お前は俺の知り合いよりも強くて賢いよ。昔みたいに手に入れた力を暴力に使うこともなくなった。今はそれだけで十分だ。焦る必要はない」

「……うん」

優しい声色でベイルに言われ、ヒースは恥ずかしそうに小さく頷くとすくっと立ち上がり、遠くで走り回る子どもたちの方へと駆け出した。

それが照れ隠しの行動であることを見透かしたベイルは微笑する。

「ベーイールーくんっ！」

「うおぅっ⁉」

突然背中に衝撃が加わり、ベイルは驚き後ろを振り向く。

そこには、自分に抱き着くルナの姿があった。

「聖女様……」

少女の悪戯にベイルは苦笑する。

ルナは少し照れたようにはにかみながらベイルの背中を離れる。

「背中ががら空きだったので、飛びついてしまいました。あの子たちがしていたのを真似したのですけど、なんだか恥ずかしいですねっ」

「……暗殺者ですか、あなたは」

じゃれ合う子どもたちに視線を送ってそう話すルナに、ベイルは肩を竦めた。

心臓に悪いからやめて欲しい。本当に。

ベイルが激しくなった鼓動を必死に抑え込んでいるとは露とも知らずに、ルナはベイルの顔を覗き込み、小首を傾げた。

「ヒースくんとなんの話をしていたんですか？」

「大それた話ではないですよ。ただの昔話です」

ベイルの返答にルナは不思議そうにする。

そんな彼女にベイルは微笑みかけ、それから彼女の頭を指差す。

「聖女様、頭の上に葉っぱが乗っていますよ」

「え、いつの間に……？」

慌ててルナは頭の上に両手を乗せる。

が、どれだけ触っても葉っぱが落ちてこない。

すぐ傍でくっくっと口元を押さえて笑っているベイルを見て、ルナはようやく自分が騙されたことに気付き、プクーッと頬を膨らませる。

「……ベイルくんは意地悪です」

「さっきのお返しですよ」

全く悪びれる様子のないベイルの胸を、ルナはポカポカと叩いた。

第三章

診療所の扉を開けた瞬間、雑踏がベイルの鼓膜を激しく震わせた。

そう広くはない待合室は、まだ昼前だというのに混みあっている。

ベイルは待合室の片隅の簡素な長椅子に腰を下ろした。

「あー、ぼくしさまだーっ」

待合室を走り回っていた男の子がベイルに気付き、声を上げる。

それに反応して、周りの子どもたちが一斉にベイルの下へと駆け寄ってきた。

「ぼくしさまも、おけがしたのー？」

「それともかぜー？　おねつでたー？」

首をこてんと傾げて無邪気な問いを重ねてくる子どもたちに、ベイルは苦笑しながら答える。

「そのどちらでもないかな。ちょっとアドレーさんに呼ばれてね」

村唯一の医者であるアドレーの名を出すと、即座に子どもたちは表情を硬くする。

やはり、子どもたちには恐れられているらしい。

彼の温和な性格を知っているベイルは、子どもたちとの評価の差に思わず肩を竦めた。

そうしていると、子どもたちの親が慌てて駆け寄ってきて、ベイルに頭を下げながら子どもたちを抱き寄せる。

それに「気にしないでください」と返しながら問いを投げた。

「みなさんはどうされたんですか？　見たところ元気そうですが」

「ヘビですよ、ヘビ。この子たちったら、皆ヘビに噛まれちゃって。アドレー先生に薬をいただきにきたんですよ」

ああ、とベイルは頷く。

そういえば巡回でここを訪れた時、アドレーがそんなことを言っていたなと思い出す。

先ほど子どもたちに答えたように、今日はアドレーに呼び出されて来たのだが、この分だともう少し時間がかかりそうだ。

ベイルはほっと息を吐くと、親の腕をするりとすり抜けて自分の下へ駆け寄ってきた子どもを抱き上げた。

◆

「すまないね、呼び出したのに待たせてしまって」

昼頃になってようやく待合室から人の気配が消え、最後の患者を見送ってからアドレーが心底申し訳なさそうにベイルに頭を下げる。

ベイルは待合室の長椅子から立ち上がると、体の前で手を振る。

「いいえ、気にしないでください。俺も子どもたちと遊べて楽しかったですから」

その返答にアドレーは相好を崩す。

待合室の長椅子に座ったアドレーに倣って、ベイルも腰を下ろす。

「それにしても、本当に忙しそうですね」

「いやぁ、本当に。今年は特に毒ヘビの被害が多くてね。余裕をもって用意していたはずの解毒薬も底を尽きそうですよ」

心底困った風に言うアドレー。

ベイルは身を乗り出して尋ねる。

「もしかして、話っていうのは」

「お察しのとおり。実は明日にでも解毒薬に使う薬草を採りに行こうと思っていてね。その間、毒ヘビ関係の治療を牧師様にお願いしたいんですよ」

「それはかまいませんが……」

ベイルは神妙な面持ちで少し考え込む。

アドレーの頼みを引き受けるのがいやというわけではない。

むしろ喜んで引き受けたいところではあるが、一つ懸念があった。

「アドレーさんが診療所を離れるのは、何かと不都合があるのでは？　俺には対応できない事態に遭遇するかもしれませんし」

毒ヘビの治療であれば、解毒薬さえあれば素人であるベイルにもなんとか対処できる。

ただそれ以外の病気などになると、専門家でもない自分ではどうすることもできない。

その疑問をベイルが抱くことは予想していたのか、アドレーは苦々し気に表情を歪める。

「いやいや、おっしゃるとおり。しかしながら解毒薬に使う薬草は知識のある者しかわかりませんからな。毎年、薬草を採りに行く日は診療所を休みにしとるのです。それと比べれば、今年は牧師様がいてくださるだけでもと」

そうは言いながらも不安は残るのか、表情は暗い。

ベイルは少し考え込むと、少し探るような声色で問う。

「その薬草って、山の上などに生えているクズダミ草のことですか？　ギザギザとした葉が特徴の」

「おや、そのとおりです。牧師様は薬草にも精通しておられるのですか？」

意外そうにアドレーが応える。

対して、ベイルは自分の知識が合っていてよかったと頷きながら「ええ、まあ」と返す。

「……あの、もしよろしければ俺が採ってきますよ。たぶん、その方がいいでしょう？」

「それはありがたい提案ですが……、いやしかし、この辺りでクスダミ草が生えているような険しい山は草原を南に進んだ先にある山脈ぐらいでしてな。この辺りはクマやイノシシなどの獣が棲んでいまして危険なのですよ。私は職業柄心得がありますので遭遇してもなんとかなるのですが、牧師様は……」

地方の医者は、薬を作るための材料の調達も医者としての仕事の一部になる。

その影響もあってか、例えば傭兵並みの剣の腕を持つ医者も珍しくはない。

アドレーもその中の一人なのだろう。

真剣な面持ちのアドレーに、しかしベイルは笑い返す。

「実は俺もそれなりに心得はあるんですよ。ヒースの剣の稽古もつけていますし。大丈夫です、俺に任せてください」

胸を叩いて自信ありげにそう告げるベイルに、アドレーは「ふむぅ」と少し悩まし気に眉を寄せると、「では、よろしくお願いします」と頭を下げた。

◆

「――ということですので、明日は少しでかけてきます」

その日の夜。夕食をとりながらベイルはルナに事の経緯を伝える。

対して、ルナの表情はどこか暗い。

「私もついていきましょうか？　もし怪我をしても、私なら治せますから」

「山道が険しいらしいですから、聖女様は教会に残っていてください」

「……ですが」

イノシシやクマが出ると聞いてから、ルナの表情は浮かない。

心配してくれているのだろうが、ベイルにとってはそれは杞憂でしかない。

「聖女様、俺がクマやイノシシ如きに遅れをとると思いますか？」

その問いに、ルナは即答する。

「思いません。……でも、だからといって心配しない理由にはなりませんよ」

「――――」

真面目な表情で正面からそう言われ、ベイルは一瞬目を丸くする。

ルナが少し怒っているのがわかった。

そんな彼女の様子に、出会ったばかりのころを思い出してベイルはくすりと笑う。

そうして、ベイルはルナの頭の上へと手を伸ばした。

「すみません、聖女様。でも、大丈夫ですから安心してください」

ポンポンと、ルナの頭を優しく撫でる。

一瞬にして顔を真っ赤にすると、ルナは暫く固まり、それから唇を尖らせる。

「……こんなことで誤魔化されるほど、私は甘くありませんっ。ですが、その、明日は気を付けてください」

ルナの言葉に、ベイルは苦笑しながら「はい」と頷き返した。

◆

早朝。まだ陽も昇っていない時間帯に起きたベイルは、厨房でいつもより早めに朝食の用意を始めた。

ノーティス村は、山々に囲まれた草原の丁度中央に位置する。

南部に広がる山脈までは歩いて三時間ほどかかる。

それから山を登り、薬草を採り、村に戻ってくるまで六時間ほどは軽くかかるだろう。

早いうちから行動しないと、帰宅するころには辺りが真っ暗になってしまう。

朝食を作り終えたベイルは自分の分をバッグにしまうと、ルナの分を書き置きと共に食堂のテーブルの上へ置いておく。

そして、ルナを起こさないように極力静かに教会を出ようと礼拝堂に向かって、その入り口に黒い人影があり、ビクッと体を震わせた。

「せ、聖女様……」

その人影が、淡いピンク色のパジャマを纏ったルナであることに気付き、ベイルはほっと胸を撫でおろす。

同時に発したどうして起きているのかという疑問を孕んだ問いに、ルナは少し怒った様子で口を開いた。

「こっそり行こうとするなんてひどいですよ。お見送りぐらいさせてください」

「いや、ですが、まだ朝早いですし……」

ベイルは教会の窓の外に視線を向けて、まだ外が暗いことを訴える。

しかしルナはむっと膨れると、ベイルの下へ詰め寄る。

「ベイルくんをお見送りするためなら、早く起きることぐらい大したことではありません」

辺りがまだ薄暗いがために、彼女の頬がほのかに紅潮していることにベイルは気付かない。

だが、と。ベイルは彼女の主張を聞いてふと考える。

逆に自分が彼女の立場だったなら、彼女と同じように不満に思うのではないかと。

「すみません、今度同じようなことがあったら声をかけることにします」

「わかればよろしい！」

おどけてそう言うルナにベイルは表情を綻ばせる。

どちらともなしにその場で佇まいをただすと、ベイルは口を開いた。

「では、いってきます」

「いってらっしゃいっ」

◆

春だとはいっても、草原を吹き抜ける風は冷たい。

ザーッと風で草花が揺れる音がベイルの耳朶をくすぐる。

アドレーが万が一のためにと貸してくれたナイフが腰で重たく揺れる。

ベイルにとってこんなものは邪魔でしかないのだが、イノシシなどが出ると言われた上で丸腰で山を登ったりすれば周り目からはさぞ滑稽に映ることだろう。

やがて左の方に連なる山の奥から太陽がその姿を覗かせて、一気に暖かくなる。

丁度、ベイルは山の麓に辿り着いた。

「……結構険しいな」

登り始めてすぐ、ベイルは顔を顰めた。

事前に聞いてはいたが、予想以上だ。

ベイルたちが教皇国からこの村まで逃げ延びた時に越えた北の山は、比較的なだらかな丘陵だった。

とはいえ、ベイルは汗一つ掻くことなくするすると登っていく。

太陽が真上に来るころには、薬草が群生しているであろう箇所まではすぐそこまでのところに来ていた。

「さて、少し休むか」

空腹を覚えて、ベイルは山道の傍にある手ごろな大きさの岩に腰掛け、バッグからサンドウィッチを取り出す。

朝食のために持ってきたが、時間的には昼食か。

手を合わせ、食べようとしたその時――。

「ガウァアアアッッ!!」

ガサガサと木々をかき分けて、獣道からベイルよりも倍以上の背丈を持った巨大な獣――クマが二頭、両手を上げ、その先の鋭い爪を見せつけて威嚇しながら現れた。

「これの匂いに寄ってきたか?」

特段慌てた様子もなくベイルはそう結論付けると、手に取ったサンドウィッチをしまう。

すくっと立ち上がると、こちらを威嚇してくるクマを見返した。

二頭のクマは口から涎を垂らしてベイルを見下ろし、今にも襲い掛からんとする勢いでジリジリと距離を詰めてくる。

狭い山道で逃げ道はない。

だが、ベイルは一向に腰に備えているナイフの柄に手を伸ばさない。

ふーっと一息吐くと、次の瞬間にベイルの纏う空気が鋭いものへと変貌する。

「グルルゥ!?」

ベイルに睨まれた二頭のクマは、情けのない声を上げてその場で固まる。

続けざまにベイルが一歩前に足を踏み出した瞬間、二頭のクマは呆気なく獣道へと逃げ帰った。

「いい子たちだ。互いの力量差ぐらいはわかるらしい」

ベイルは嘆息しながら元の岩に腰を下ろすと、再び手を合わせた。

◆

ベイルがいないせいで心なしかいつもよりも埃っぽい礼拝堂の長椅子に横になり、ルナはボーッとステンドグラスを眺めていた。

時間はいつの間にか正午をまわっている。

先ほど教会の鐘がなったばかりだ。

退屈だ、とルナは思う。

視界をどこへやってもベイルの姿は見えない。

買い出しに行っている時や、用事で席を外している時、ルナはいつも一人だ。

寂しいと思う反面、ベイルという存在が自分にとってとても大きなものであることを再確認できて少し胸が温かくなったりもする。

と、そんなことを考えていると突然教会の入り口の扉が開けられる音にルナは体を起こす。

「失礼、聖女様はいらっしゃるかな？」

「は、はい！　って、モートンさん。どうされたんですか？」

現れたのは深い青色の髪が特徴の男性、チャドだった。

彼がこんな時間に教会に現れるのは珍しい。

ルナが訊くと、チャドは持参した小包を掲げた。

「ベイルに聖女様のお昼を頼まれて」

「……あ、そういうことだったんですね」

実は先ほどからお腹が空いていた。

ベイルは朝食こそ用意してくれたが、昼食の準備まではしてくれていなかったのでなぜだろうと疑問に思っていたのだ。

ご迷惑をおかけしますと頭を下げてから、ルナはチャドを食堂へと案内する。

「そういえばチャドさん、今日は大工さんのお仕事はいいんですか？」

ルナが問う。

大工の仕事といっても、チャドはまだ見習いだ。

「今日は休みで。それでベイルに頼まれたんですよ」

「ごめんなさい、折角のお休みの日に。ベイルくんが帰ってきたらきつく言っておきます」

「いいんですいいんです、俺も暇してたんで。シェリーの奴も今は裁縫の仕事で忙しいですからね。食事は一人でするよりなんとやらってね」

おどけながらチャドが言っているうちに二人は食堂に着く。

ルナがお茶の用意をしている間、チャドは持参した小包を広げる。

中からは色とりどりの具材の入ったロールサンドが現れた。

「わあ、美味しそうっ。これはモートンさんが？」

「いえ、シェリーです。俺は手先が不器用で、料理なんてとてもとても。親方にもよく怒られるんですよ。まあそんなわけで料理はシェリーに任せっきりで。ダメなのはわかっているんですけど、どうにも」

「や、やっぱり任せっきりはダメですよね……。私も一度料理をしたきり全然で。折角ベイルくんにエプロンを買っていただいたのに……」

しゅんと落ち込むルナに、チャドは困った表情で頬を掻く。

「でもまあ、そんなに気を遣うことはないと思いますけどね。俺が言うのもなんですけど、仕事から帰ってヘトヘトな時に家で誰かが笑顔で出迎えてくれるってだけでありがたいもんですよ」

「そういうものなんですか……？」

チャドの言葉にルナは首を傾げる。

対して、チャドは自信ありげに力強く頷いた。

「ええ。聖女様も想像してみてくださいよ。帰宅したらベイルが出迎えてくれる光景を」

「ベイルくんが、出迎えて……」

言われて、ルナは少し瞑目してその光景を想像する。

ベイルを連れずに自分が出かけることはまずないが、そこは想像で。クタクタで教会の扉を開けたところに、ベイルが笑顔でいる――。

「……確かに幸せですっ」

チャドの言うとおりだと、ルナはふにゃりとした笑顔で断言する。

その返答に面食らったチャドは、しかし即座に破顔した。

「あ、そうだ。聖女様、ベイルが帰ってきたら――」

ルナの笑顔を見て何やら思いついたチャドは、意地の悪い笑みを浮かべてルナに一つの提案をした。

◆

「お、あったあった」

朝食兼昼食を終え、険しい山道を上り切った先に広がる原っぱを散策すること数分。葉の先がギザギザとした、目的のクズダミ草が群生するエリアを見つけてベイルは安堵の声を上げた。

それを丁寧に摘み取り、持参したバッグに詰め込んでいく。

そうしていると、不意に視界の隅に一輪の白い花が映り、ベイルは手を止める。

標高が高いせいか強い風に揺られながらもしっかり地に根を張ってその場に花を咲かせている。

その姿にベイルはルナを幻視して表情を緩める。

一瞬彼女のために摘んで持ち帰ろうかと思ったが、強く生きるその花を摘み取るのが忍びなくてやめた。

バッグがクズダミ草でいっぱいになり、ベイルはふぅと一息つく。

これだけあれば十分か。

そう結論付け、ベイルは元来た山道を引き返す。

瞬間、辺りの空気がピリついたのを感じて身構えた。

先ほどのクマが戻ってきたのかという疑念が脳裏をよぎるが、それにしてはやけに空気が重たい。

この感覚を、ベイルは知っている。

教皇国で神官として働いていたころ、何度も味わった空気だ。

直後、おどろおどろしいうめき声と共に、山道の脇から木々をへし折って異形の生き物が現れた。

「アルルァァアアアァッ!!」

黒い体躯に赤い双眸。

全長はベイルと同程度か。

しかし狂ったような雄叫びから、この獣がただの獣ではないことを雄弁に語る。

間違いない。こいつは――。

「――魔獣か。目にするのは一年以上ぶりだな」

魔獣。稀人のように特異な力を宿した獣たちの総称。

厄介なことに、魔獣は目にしたものが誰であれ襲い掛かる習性がある。

いわく、世界が産み落とされる時に生じた闇の眷属。

遭遇してしまったが最後、戦うしかない。

ベイルはバッグをそっと道端に置き、腰から下げているナイフを取り外す。

それを構えるのかと思いきや、バッグの上に乗せた。

クマやイノシシには有効かもしれないが、魔獣相手にこの程度の得物は通用しない。

今にも襲い掛かってきそうな魔獣に睨みを利かせながら、ベイルは眉を寄せた。

魔獣はいつどこで産まれるか予想できない存在だ。

それゆえに、各国は必ず一定の頻度で森や山などに調査隊を送るものだ。

木々が生い茂る広い森ならばいざ知らず、それほど多く動物が生息しないこの山で魔獣が現れるなど、通常は考え難い。

特に共和国には稀人として特別な力を宿した勇者なる存在がいるはずで、そういった存在が国の命を受けて山や森などを調査し、退治しているはずだ。

（……もしそれを怠ったのなら、それは国や調査隊の怠慢だな）

ともかく、このことを報告するには目の前の魔獣を倒さねばならない。

そっと胸に手をやる。

この力を使うのもまた、一年ぶりだ。

ふーっとゆっくりと息を吐き出し、魔獣との間合いを見計らう。

イノシシやクマだけでなく魔獣も現れたのは想定外ではあったが、大きな問題はない。

教皇国の特級神官にまで上り詰めたベイルが臆する敵ではない。

「――ッ！」

突如、魔獣の体躯から黒い影が超速で伸びる。

地面を這うようにして進み、ベイルの真下まで到達したその瞬間、黒い影が棘のように変質して
ベイルに襲い掛かる。

「なるほどな、そういう戦い方か」

魔獣は稀人同様、個が有する力には大きな違いがある。

今回は体から影を伸ばし、それを武器に戦うタイプらしい。

ベイルはその場で跳躍すると、黒い棘を躱しながら後方へ着地する。

そして、大きく息を吐き出した。

「――剣よ、在れ」

ベイルがそう呟くと、彼の右手に白い光の粒子が溢れ出る。

その光が収まるころ、彼の右手には白い光を放つ一振りの剣があった。

これが、教皇国の神官のみが許された力――神技。

創世神と接続することで扱える超常の力だ。

「風よ、在れ」

「ウルァ⁉」

ベイルの足元に突風が吹き荒れ、それを生かした超速での接近に魔獣は困惑する。

だがその時すでにベイルは魔獣の懐に入っていた。

「――ハァッ」

電光一閃。

振り下ろされた純白の剣は魔獣の体躯を両断する。

振り向きざま、ベイルはさらにもう一振り魔獣に叩き込む。

「アルゥァ……」

消え入るような叫び声と共に、魔獣の体がどさりとその場に倒れこむ。

それを見届けたベイルは全身から力を抜く。

彼の右手にあった一振りの剣は、燐光となって木々の合間へと解けて消えた。

◆

「……疲れた」

魔獣討伐自体は一瞬で終わったものの、村に帰ってすぐに自警団に魔獣が現れたことを報告し、薬草をアドレーのもとへ届けたベイルはため息を零した。

普段ヒースとの鍛錬以外あまり運動していないことが祟ったのか、半日以上歩き続けて体は結構な疲労を覚えていた。

「昔はこれぐらいなんてことなかったのにな」

神殿にいたころのことを思い出す。

あのころは一日中朝から晩まで働き詰めだった。

それこそ、今日とは比にならないぐらいに。

今考えるとあのころの自分はどうかしていたと思う。

なにはともあれ今日の用事は終わった。

後は夕食を作るだけだと、夕食を食べて笑顔を浮かべるルナを想像して表情を緩めながら、ベイルは教会の扉を開けた。

「おかえりなさい、ベイルくん！」

「……！　へ、聖女様⁉」

突然目の前にエプロン姿のルナが現れて、ベイルは思わず間の抜けた声を上げる。

そんなベイルにお構いなしといった様子でルナは続ける。

「ご飯にしますか？」

「え？」

「お風呂にしますか？」

「あの……」

「それとも……」

そこまで言って、ルナは顔を真っ赤にして口ごもる。

これを機と見たベイルは彼女に詰め寄った。

「あの、聖女様。ええと、どうかされましたか？」

「ふぇ⁉　ええと、えっと……」

ベイルの問いに素に戻ったルナはさらに顔を真っ赤に染めて俯く。

「その、こうすると一日の疲れが飛ぶと聞いて」

俯いたままのルナにそう言われて、ベイルはなるほどとうなずいた。

彼女のことだ、誰かに変なことを吹き込まれ、良かれと思ってやってみたのだろう。

……まったく、心臓に悪い。

ベイルは内心ホッとしたような、どこか残念なような、いずれにしても最後の一言を彼女が躊躇ってくれてよかったと安堵する。

それを言われていたらさすがのベイルも冷静ではいられなかったかもしれない。

真っ白のエプロンに反して、彼女の耳は赤い。

羞恥に悶えているルナを見て幾分か心の余裕を取り戻したベイルは微笑する。

「ただいま戻りました」

「は、はい！　おかえりなさい」

慌ててルナは顔を上げて言葉を返す。

ベイルは彼女の頭に手を乗せる。

「普通でいいんですよ、聖女様。こうして出迎えてくださるだけで十分元気になりますから」

「……すみません」

嬉しそうに頬を染めてルナは先ほどの言動を謝る。

いいんですよと返しながら、ベイルは少し悪戯っぽい表情で問う。

「そういえば、ご飯は」

ベイルが問うと、ルナはうぐっと言葉を詰まらせる。

「……できていないです」

「ですよね」

わざわざエプロンを着てご飯にしますかとまで聞いてきたというのに、その実できていないという答えがどうにも可笑しくて、ベイルは苦笑する。

そんなベイルの反応に恥ずかしそうにルナは俯いた。

「それにしても、一体誰が聖女様にこんな真似をするように言ったんですか？」

「今日のお昼に、モートンさんにお教えいただいたんです。エプロン姿で出迎えてこの言葉を言えば疲れが吹き飛ぶどころか元気になりますよ、と」

「……なるほど」

ルナにばれないよう表情は笑顔のまま、ベイルは拳に力を込めた。

「あ、聖女様。今日のお昼のお礼をしに、今からモートンさんのところへ行ってきますね。少し遅くなるかもしれませんが、夕食はお待ちいただけますか？」

「は、はい。わかりました」

お礼をしにいくという割にピリついたベイルの雰囲気に疑念を抱きながら、ルナは急ぎ足で教会を出ていく彼の背中を見送った。

◆

「失礼。牧師様はおられるかな？」

昼下がりの教会の扉が突然開かれ、礼拝堂の長椅子に腰掛けてうとうととしていたルナはハッと目を覚ます。

すぐさま入り口に視線を向けると、そこには紺色を基調とした村の自警団の制服に身を包み、温和な笑顔を湛えた壮年の男性の姿があった。

慌てて立ち上がり、男に応じる。

「す、すぐに呼んできますっ」

弾かれたように教会の奥、丁度部屋の掃除をしているベイルの下へと走る。

少しして、礼拝堂にベイルが現れた。

「ッ、ゴードンさん！」

入り口に立つ男性を見て、ベイルは声を上げる。

茶色い髪と目、そしてそれと同色の顎から僅かに伸びる髭が特徴の男性、ゴードンは、ヒースの父親だ。

三十八歳という若さで自警団の団長を務めるだけあって人望もあり、何より剣の腕も村一番だ。

普段は自警団の仕事で忙しいはずのゴードンが一体何の用だろうと、ベイルは首を傾げた。

「すみません、牧師様。お忙しいところ突然」

「いえ、掃除をしていただけですから。それよりもどうされましたか？」

「いやなに、先日のことについてお話を」

「先日？……ああ、そういうことでしたか」

一瞬眉を寄せ、それからすぐに得心がいったように頷く。

対して、ルナは傍らで首を傾げている。

先日のこととは、つまりは南部の山脈で魔獣が現れたことだ。

そのことをベイルは自警団に報告するのみにとどめていた。

「話が話ですから、奥でお聞きします。聖女様はここでお待ちいただけますか？」

「わ、わかりました」

少々不満げだったが、ベイルの指示にルナは素直に従う。

無用な心配をさせないために、ベイルは魔獣の件を彼女には話していない。

二人は応接室へ場所を移す。

テーブルの上にお茶を用意し終えたベイルがソファに腰掛けたタイミングで、ゴードンは魔獣の一件について話し始めた。

それをベイルは真剣な面持ちで聞く。

「つまり、魔獣の調査は北部の山までしかされていなかったと？」

ゴードンの報告を聞いて、ベイルは問い返す。

「無論国は南部の調査も命じたらしいのですが、調査隊が北部までの調査で切り上げたことは、私どもが魔獣出現の報告をした後に発覚したそうです」

「どうしてまた。魔獣の調査は定期的に行わなければ危険だということぐらいわかっているでしょうに」

「この辺りは共和国でも辺境中の辺境です。北部一帯ならばまだしも、草原を越えて南部の山脈の調査までするのが面倒だったのでしょう。南部はそれほど人が行き交うことがありませんから」

「なんてことを……」

思わず、ベイルは呆れて嘆息を漏らす。

確かに南部の山脈に人が行く機会はない。

それこそ、この村で生活を始めて一年が経つベイルでさえ、先日行ったのが初めてだ。

だが、だからといって調査を怠っていい理由にはならない。

薬草を採取しに行ったのが自分だったからよかったものを、仮にアドレーが向かっていたならどうなっていたことか。

調査隊への憤りを内心で沸々と抱きながら、ベイルは気持ちを落ち着かせるべく紅茶の入ったカップに手を伸ばす。

その憤りが伝わったのか、ゴードンもまた表情を険しくする。

「幸い、夏ごろには再度調査隊を派遣してくださるそうです。それまでは南部一帯は立ち入り禁止とするのが村長の意向です」

「夏、ですか。結構かかりますね。聖霊降臨祭《ペンテコスタ》の後ぐらいですか？」

「さあ、その辺りはなんとも。……それにしても、よく魔獣を倒されましたな。あれは本来、複数人での討伐が基本ですのに」

「いやあ、運がよかったです」

苦笑いを浮かべるベイルに、ゴードンは口の端を上げる。

「そう謙遜されずとも。ヒースから聞いています、牧師様にいつもこてんぱんにされていると。いや、愚息に稽古をつけてくださり感謝します。最近は私も忙しく、ろくに相手をしてやれていませんから。家内も喜んでいますよ」

「俺なんかが稽古をつけていいものか。変な癖をつけてしまうのではないかと不安です」

「またまた。先日ヒースと手合わせする機会があったのですが、見違えるようでしたよ。これも牧師様のご指導の賜物です」

なんだか少し照れ臭くなって、ベイルは頬を掻いた。

と、ゴードンがふと何か妙案を思いついたように目を輝かせて身を乗り出してきた。

「そうだ、牧師様。どうです、今から一つ手合わせでも」

◆

場所を教会のだだっ広い庭に移し。

ベイルとゴードンは木刀を片手に向かい合っていた。

対面でどこかワクワクといった様子のゴードンに、ベイルは内心ため息を零す。

「いいんですか、自警団の仕事は」

「なーに、今は昼休憩です。少しぐらいなら問題ないですよ。それに私も気になっていたんですよ。

ヒースがいつも『親父より強いぞ』なんて言ってきますからね」

「ヒースの奴……」

今日の鍛錬はいつもより厳しくしてやると思いながら、ベイルは木刀を構える。

なんだかんだで、ベイルも乗り気なのだ。

「ベイルくん、頑張ってくださいっ」

少し離れたところから、事態を聞いたルナが歓声を送ってくる。

ベイルは木刀を強く握りなおした。

神官としてある程度場数を踏んできたとはいえ、ベイルは剣の達人ではない。

神技ありきでの戦闘ばかりだった自分が、剣のみを武器として戦ってきた猛者であるゴードンに勝てる自信は正直なところあまりない。

とはいえ、

(負けるわけにはいかないな……)

なにせ、ルナが近くで見ているのだ。

彼女に格好悪いところを見せるわけにはいかない。

「さて、始めますか」

ゴードンがそう告げる。

ベイルは小さく頷いた。

二人の全身がその場で静止する。

互いの双眸を睨み合い、初動を見極める。

次の瞬間——。

「——ふっ!」

先にゴードンが動き出した。

地を蹴るや否や、鍛え上げられた膂力で一瞬にして距離を詰めてくる。

木刀が大気を割き、迷いのない軌道を描いてベイルの左腹部を横薙ぎに狙う。

「……ッ」

ベイルは即座に木刀を左手に持ち替え、その軌道の先に滑り込ませる。

カンッという甲高い音共に互いの木刀が重なり、両者の体をのけぞらせる。

「せやぁっ!」

ベイルは即座に重心を前に戻すと、いまだ体勢が崩れた状態のゴードンの懐へと飛び込む。

体勢を立て直した勢いそのままに、ベイルは木刀を縦に振り下ろした。

その速度は異常。

ゴードンはその動きを目でとらえると、にやりと笑みを浮かべる。

「ふんっ!」

ゴードンは強引に木刀を構え、ベイルの一撃を受け止める。

互いの木刀が十文字に重なり合い、鍔迫り合いが生じる。

ベイルは上から、ゴードンを逃がさないように木刀に力を籠め、ゴードンもまた潰されないように下半身に力を入れて踏ん張る。

「――！」

拮抗は一瞬。

ゴードンが刃を斜めにしてベイルの木刀を滑らせる。

思わず体勢を崩して前へと倒れかけるベイルの横に回り、ゴードンはその無防備な背後へ鋭い一撃を叩き込む――。

「ッ、は――っ！」

ベイルは崩れた体勢を立て直すことなく、そのままあえて前へと転がる。

地面で一回転しながら即座に木刀を構えなおし、背後から迫っていた凶刃を受け止める。

地面に膝をつき、辛うじてゴードンの木刀を受け止めるベイル。

二人の位置関係は先ほどと正反対になった。

荒くなる息を必死に押し殺し、木刀の先にある相手の両眼を睨む。

かける言葉も、その余裕もない。

ゴードンは僅かに苦悶の表情を浮かべた。

今の一撃を決められなかったのは痛い。

――否、防がれてしまった以上力量は相手の方が上。

これまで剣では父親以外に負けたことがないゴードンが、初めて脳裏にちらつかせた敗北の二文字。

その一瞬。ゴードンの意識が勝敗の行方にそれた瞬間をベイルは見逃さなかった。

「はぁ――――ッ！」

両手に力を籠め、一気に押し上げる。

力任せの動きに、しかしゴードンは推し負ける。

即座にベイルはその場で右足を回し、ゴードンの足をからめとる。

のけぞらされた上に足を取られたゴードンは、今度こそ完全に体勢を崩した。

情けなくその場に尻餅をついたゴードンの首筋に、ベイルはとんっと軽く木刀を乗せた。

「……参りました」

いっそ清々しい笑みと共に、ゴードンは木刀をその場に捨てて両手を上げる。

ようやく、ベイルは大きく息を吐き出した。

「いやいや、聞いていた以上の腕ですね。私も自分の剣には自信があったんですが、鍛えなおさないと」

「そんな、運がよかっただけですよ。次やればどうなるかわかりません」

ベイルの謙遜の言葉に、ゴードンはやや鋭い声音で重ねる。

「次がないのが剣の世界ですよ、牧師様」

「…………」

剣の世界において、勝者が口にする敗者への謙遜こそが最大の侮辱であると、ゴードンの鋭い眼差しが雄弁に訴えてくる。

ベイルは目を伏せて言外に今の発言を謝罪した。

「お疲れ様ですっ、ベイルくん！」

笑顔と共に駆け寄ってくるのはルナだ。

ベイルは彼女に笑みを返した。

そして、ベイルは再度ゴードンに視線を戻す。

「ゴードンさん、今回の手合わせは条件が平等ではなかったですね」

ベイルの言葉に、ゴードンは訝し気な眼差しを向けてくる。

それは侮辱であると今しがた伝えたはずだ。

「俺には負けられない理由がありましたから。対等な勝負となると、この場にはゴードンさんの奥さまもいらっしゃらないと」

一瞬目を丸くし、そして直後に彼の発言の意味を理解したゴードンは愉快そうにその相貌を歪めた。

「フッ、フハハハハッ！　なるほどなるほど、いやぁ確かにそれはそうかもしれませんな。私も妻の前で無様に負けるわけにはいきませんからな」

ひとしきり高笑いをした後、ゴードンは立ち上がる。

「またお手合わせをお願いしてもよろしいかな？」

「ええ、喜んで。ただし、次からは聖女様がおられない所でしていただけると助かるのですが」

「それはもちろん。手合わせの度に男としてのプライドを欠けるのは些《いささ》か疲れますからな」

頷きながら、ゴードンはもう一度愉快そうに笑い声を上げた。

第四章

ジメジメと陰鬱な空気が草原全体を覆う。

ここ数日、やむことのない雨が教会の窓ガラスを叩く。

季節は移ろい、初夏。

本格的な夏に入るまでのこの季節はほぼ毎日、空を黒雲が多い、地上に雨を降らす。

水害に悩まされるノーティス村にとっては頭を悩まされる季節だ。

ベイルは窓ガラスを濡れた雑巾で拭きながら、そんな外の様子を眺めていた。

——と、そんな彼の背後。

礼拝堂の広い空間に「うーっ、うーっ」と悩まし気な声が木霊する。

一つため息を吐いて、ベイルは振り返った。

「……あの、チャドさん。そんなに不安でしたら少しぐらい先に延ばしてもいいのでは？」

「それはできない！　そうやって今までずるずると引き延ばしてきたんだ。この機を逃したら俺は一生ヘタレ野郎という汚名を背負って生きていくことになるんだ。そうに違いない、いや、絶対そうだ……」

「そんなことはないですよ」

チャドの自虐っぷりに思わず顔を引きつかせる。

雨となると、大工の仕事は休みになる。

連日雨続きのためか、最近はほぼ毎日チャドは教会を訪れ、こうして長椅子に座って頭を抱えている。

その原因は言わずもがな、初夏が去り、本格的に夏が到来してすぐに行われる聖霊降臨祭《ペンテコスタ》だ。

正確には、その日に行うプロポーズ。

仕事をしている時はまだ気を紛らわせることができていたのだろうが、その仕事も休み続きで、尚且つ聖霊降臨祭が目前に迫って、チャドはその不安を吐露しに訪れているのだ。

それ自体はかまわないのだが、そこまで傍で悩まれると気になる。

ベイルは窓ガラスを拭く手を止めると、今度は体ごとチャドに向き直った。

「では、覚悟を決めないと」

「そんな簡単に覚悟を決められるわけがないだろ。これだからヘタレ牧師様はっ!」

「誰がヘタレ牧師ですか、誰が!」

「お前のことだよ、バーカ!」

子どものように口元を指で歪ませて暴言を吐き出すチャドに、これまた子どものようにベイルも抗議の声を上げる。

そんな二人のやり取りを傍から眺めていたルナは、思わずくすりと笑った。

それから、場を和ませるための話題を何気なしに口にする。

「そういえば、婚約指輪はもう選ばれたんですか？」

「……え？」

ルナの問いに、ベイルといがみ合っていたチャドは一瞬困惑してから即座に顔を青ざめさせる。

そんなチャドの態度に、ベイルもまた顔を引き攣らせながら、

「いやいや、そんなまさか。……え、チャドさん、もしかして本当に？」

◆

婚約指輪は、プロポーズをする際に男性が女性に渡すものだ。

この指輪は教会などで行われる婚礼の儀にて祭壇に祀り、神々の祝福を受けた後、半分に分けて男性と女性双方が指につける。

それゆえ、婚約指輪は普通の指輪とは違って二つの指輪を合わせた構造となっていて、そのままつけるには大きすぎるものになっている。

——と、その婚約指輪を用意し忘れていたチャドは、ベイルとルナの二人を引き連れて村のアクセサリーショップへ足を運んでいた。

道中、婚約指輪を用意し忘れていたことをベイルにいじられたチャドはやや凹み気味に、「仕方がないだろ、プロポーズをすることで頭がいっぱいだったんだから」と呟きながら店の扉を引き開ける。

中からスカート丈の短い、若い女性が現れた。

「いらっしゃいませ。あら、珍しい」

店員の女性はベイルとルナを見るや、心底驚いたように目を丸くする。

そんな彼女にチャドは歩み寄る。

「婚約指輪を注文したいんだけど」

「おめでとうございます。では、少々お待ちください」

女性はにこりと笑って祝福すると、カウンターを挟んで奥へ一度引っ込む。

すぐに戻ってきた彼女の手には、いくつかの指輪ケースがある。

「これが一般的な婚約指輪のデザインです。ご確認ください」

「あ、どうも」

カウンターの上に並べ、その対面のイスに座るよう促されてチャドは軽く会釈をして腰を下ろす。

ご予算は？

納期は？

などなど、女性の質問にたどたどしく答えるチャドを後目に、ルナとベイルは店内を見渡す。

指輪はもちろんのこと、ネックレスやイヤリングなど、様々な種類のアクセサリーが店内のショーケースの中に入れられている。

無論、大都市に流通しているものと比べると些か品質が落ちるが、この辺境の地で扱われているものとしては一級品だろう。

ベイル自身、少し驚いている。

「お二人はどうされますか？」

「へ？」

そうして店内を見渡している二人に、女性が突然カウンターから声をかける。

ベイルは思わず間の抜けた声を返す。

「お二人も指輪を選ばれにいらっしゃったのでは？　最近結構多いんですよ、プロポーズ後にカップルで指輪を見に来られる方が」

「た、ただの付き添いです！」

「そ、そうですっ」

慌ててベイルが訂正し、ルナが顔を真っ赤にして続く。

女性は予想が外れたと首を傾げながら、すぐにチャドとの商談に戻った。

なんだか気まずくなったベイルは、一つ咳払いをしてからルナに言う。

「少し外の空気を吸ってきます」

「は、はいっ」

ベイルに声をかけられたルナはびくりと肩を震わせて応える。

その返事を受けて、ベイルは逃げ出すように店の扉を押し開けて外に出た。

降りしきる雨が風に煽られて、雨避けをすり抜ける。

僅かな雨粒に牧師服を濡らしながら、ベイルは深いため息を吐き出した。

「外の空気を吸うって、雨模様のこの状況で何を吸うっていうんだ……」

自分の下手な言い訳がルナにも見透かされたような気がして、羞恥に顔を押さえる。

不意に、先ほどのチャドの『ヘタレ牧師』という言葉が脳裏をよぎった。

「っ、そんなの言われなくてもわかってるんだよ……」

ちらりと、窓越しに今出たばかりの店内を見やる。

チャドに呼ばれたらしいルナが、彼の隣で婚約指輪を見ている。

その背中を一瞥し、店内から視線を外してからベイルは黒雲が覆う空を見上げた。

◆

濡れた服を軽く拭いてから店内に戻ると、チャドがちょいちょいと手招きをしてきた。

一体何の用だと近寄ると、指輪ケースを二つ差し出してきた。

「どっちがいいと思う」

「俺に訊いても参考にならないと思いますが。聖女様はどちらを選ばれたんですか？」

再び店内のアクセサリーを見て回っているルナに視線をやりながらベイルは返す。

「こっちだね」

「じゃあ、それがいいと思いますよ。女性の選択に委ねれば万事うまくいくものです」

「それはありがたい教えだ。さすが牧師様」

チャドの茶化した物言いにベイルは肩を竦める。

実際、ベイルのこれも人の言葉を借りたものだ。

ベイルの言葉を受けて指輪を決めたらしいチャドが、女性に「これで」と指輪ケースを渡す。

そうしながら、チャドが思い出したようにベイルの脇をつついた。

「そうだ、ベイル。今日の礼というのもあれだけど、一ついいことを教えてあげよう」

「いいこと？」

チャドのにやついた表情が妙にうさんくさくて、ベイルは怪訝そうに耳を向ける。

すると、チャドはカウンターに並べられた指輪ケースの中の一つを指差した。

「聖女様の一番のお気に入りはこれらしい。さっきついでに訊いたんだ。後々の参考にするといい」

「……この間の一件で懲りてないんですか」

「あ、あの時は悪かったよ。でも今回はベイルにとっても有益だろう」

チャドは表情を引き攣らせる。

この間の一件。ベイルの留守を見計らって彼がルナに変なことを吹き込んだ時のことだが、その後ベイルがモートン家を訪れてシェリーに告げ口をしようとしたのをチャドが必死に止めたのは記憶に新しい。

チャドの弁にベイルは肯定も否定もしない。

だが、それ以上チャドを問い詰めなかったのが、あるいは彼にとっての答えだろう。

「？　どうかされたのですか？」

二人の諍いを耳にしたルナが近寄りながら問うてくる。

ベイルは慌てて指輪ケースを彼女から隠すようにして立つと、「なんでもありません！」と取り繕った。

◆

本格的な雨期に入り、四六時中ザーッという雨音が鼓膜を揺らすのにも慣れ始めたころ。

ベイルは前もって準備しておいた麻の袋に土を詰めていた。

この時期、辺りを取り囲む山脈に溜まった雨が草原に流れ出て、浸水被害が多発する。

それを防ぐために土嚢《どのう》を作っているところだ。

「――よし、これぐらいでいいか」

ふぅと一息つき、ベイルは土を詰めた麻袋の口を結ぶ。

彼の周りにはすでに同じようにして用意された土嚢が積まれていた。

口を結び終えたベイルはその場で伸びを一つ。

かがんだままの体勢で作業を続けたせいで痛む腰を軽くトントンと叩きながら、「さて」と意気込む。

土嚢を作り終えたら、次はこの土嚢を教会の周囲に置いていかなければならない。

先ほど休憩がてら昼食を取ったところなので気力は十分だ。

複数の土嚢を一気に持ち上げ、教会の外に運び出す。

雨は相変わらず激しく降っている。

作業中濡れてしまうが、仕方がない。

さっさと終わらせてしまおうと今一度喝《かつ》を入れて、ベイルは土嚢を教会の壁の横に置き始める。

と、雨音に混ざって教会の入り口から「うんしょっ」という可愛らしい声が聞こえ、ベイルは作業をする手を止めてそちらを見やる。

見ると、教会の中に作って置いてあった土嚢を一つ、全身を使って見るからに重たそうに必死に運んでくるルナの姿があった。

「せ、聖女様⁉」

慌てて駆け寄る。

すると、ルナは顔を上げて引き攣った笑みと共に「べ、ベイルくん……」と苦しそうに声を零してその場に崩れ落ちそうになり――駆け寄ったベイルに支えられる。

「聖女様、何をしているんですか……」

ルナの持つ土嚢をひったくりながら、ベイルは呆れ交じりに叱責する。

すると、ルナはしゅんと顔を伏せた。

「ベイルくんにばかり仕事をさせて申し訳ないと……」

「力仕事は俺の領分です。いいから聖女様は中に戻ってください。風邪をひきますよ」

「は、はい……」

強い語気で、しかし宥めるように言われてルナは教会の中へと引き返す。

その途中、後目で雨が降る中土嚢を担ぐベイルの姿を見てルナは悲しそうに目を伏せる。

が、すぐに何か妙案を思いついたように目を輝かせると、早足で教会の入り口へ向かう。

そしてそこに立てかけられている傘を手に、ベイルの下へと戻った。

「……？」

土嚢を教会の壁沿いに設置していたベイルは、突然自分の体に降り注ぐ雨が収まったことに気付き、不思議に思いながら上を見上げる。

「聖女様……」

自分を雨から守るようにルナが傘をさしてくれていることに気付き、声を上げる。

「これならいいですよね？」

そう微笑むルナに、ベイルは肩を竦める。

優しい彼女が自分一人に雨の中作業させることに罪悪感を抱くことぐらいわかりきっていたことだ。

嬉しそうにするルナを見て、ベイルは笑い返した。

「わかりました。では、お願いします」

「はい！」

満面の笑みを受けて、ベイルは再び作業を再開する。

そして暫くして、不意にルナの肩が濡れていることに気付いた。

「聖女様、俺を気遣ってくださるのはありがたいのですが、聖女様自身が濡れたら意味がありません。もっと近づいてください」

「っ、そ、その、少し恥ずかしいです……」

「……っ」

頬を赤く染めてそう言われ、ベイルは思わず口ごもる。

よくよく考えたらこの状況は相合傘になるわけで、そのことを意識してベイルもまた顔が赤くなるのを覚えた。

その顔を見られまいとルナから逸らしながら、ベイルは続ける。

「お、俺は気にしないので。聖女様が風邪をひかれたら本末転倒ですから……」

照れ隠しにベイルがそう言うと、ルナは僅かに頬を膨らませる。

それはそれで悲しいんですが、と。ベイルに聞こえない小さな声で呟いてから、ルナはゆっくりとベイルの方へ体を寄せた。

◆

土嚢を無事に教会の壁周りに積み終え、夕食を摂ったベイルは自室で筋トレをした後、シャワーを浴びていた。

夕食を摂る前に泥で汚れた体を洗うためにシャワーを浴びたというのに、筋トレをしたせいで汗をかいてしまい、もう一度浴びる羽目になってしまった。

最近己の体力不足を痛感して始めた日課だが、まだ初めて日も浅く、うまく生活リズムに組み込めていないらしい。

（まあ、それも追々慣れるか）

シャワー室を出て体を拭きながら、不意にベイルは目の前の鏡に視線を向けた。

彼の引き締まった体には、古い切り傷がいくつも残されている。

それは神官時代の産物だ。

本当はこの古傷よりもさらに多くの傷を負ったのだが、ある時から怪我を負ったその日のうちに綺麗さっぱり治るようになった。

言わずもがな、ルナと出会ってからである。

神官としての任務の傍ら彼女の監視の任務も続けていたベイルは、ある時ルナにその傷を見咎められ、そして彼女の力で治された。

以来、事あるごとにベイルの傷を彼女が治療するようになり――。

（普通、自分を捕らえている集団の仲間の怪我を治そうだなんて思わないだろうに）

本当に彼女は優しいんだからと、ベイルは優しい笑みを浮かべる。

白いシャツを着て教会の食堂に戻ると、そこでルナが一人お茶を飲んでいた。

彼女に声をかけようとしたその瞬間――バリバリバリッという轟音と共に雷鳴が轟いた。

「――ひゃぁっ」

反射的にルナはその場で飛び跳ねるように肩をびくりと震わせ、小さな悲鳴を零す。

その後胸に手を添えて気持ちを落ち着かせながら、ベイルがすぐ傍にいたことに気付く。

「べ、ベイルくんっ」

「今戻りました。……その、大丈夫ですか？」

「な、何がですか？」

「何って、雷に驚いていたじゃないですか」

ベイルの言葉にルナは顔を固まらせて、すぐに胸を張る。

「ぜ、ぜんっぜん驚いていませんよ！　雷なんてへっちゃらですっ」

「え、でも今」

「へっちゃらです！」

「は、はい」

変なところで意地を張るんだなとベイルは苦笑しながら厨房へ飲み物を取りに行く。

その時、再び雷鳴が轟くとともに後ろから「きゃぁっ」という悲鳴がしたのは、聞こえなかったことにした。

◆

その後、ルナと他愛もない雑談をしているうちに夜が更け、二人はそれぞれ自分の部屋へと戻った。

六畳ほどの私室の窓際に置かれたベッドに寝転がりながら、ベイルは窓の外を見る。

時々雷鳴と共に空に稲妻が走っているのが見える。

聖女様は大丈夫だろうか、などと呆然と考えていると、突然部屋の扉がコンコンと叩かれた。

「はい？」

一体どうしたのだろうとベイルは不思議に思いながらベッドから降りて扉へ向かう。

ゆっくりと扉を引くと、廊下にはやはりパジャマ姿のルナがいた。

なぜか枕を抱きしめている。

「どうかしましたか？」

「そ、その、今晩……」

「？　なんです？」

後半になるにつれて声が小さくなって聞き取れず、ベイルは首を傾げる。

少しの間をおいて、それまで俯いていたルナが顔を上げた。

「その、今晩だけ一緒に寝てもいいですかっ？」

「……へ？」

突然の頼みに思わず気の抜けた声を漏らす。

その時、再び雷鳴が轟き、ルナは「ひっ」とベイルに抱き着いた。

そんな彼女の態度を見て、ベイルはなるほどと苦笑した。

どうやら雷が怖くて一人では眠れなかったらしい。

「いいですよ。俺も少し怖かったので、聖女様が一緒に居てくださると安心です」

「ほ、本当ですか？」

「はい」

潤んだ瞳で自分を見上げてくるルナに、ベイルは強く頷く。

無論、ベイルは雷など怖くはない。

ルナを部屋に招き入れたベイルはベッドを指し示しながら近くのイスに腰掛けた。

「どうぞ、使ってください」

「え？　でも、ベイルくんが」

「俺はこの辺りで適当に寝ますよ。安心してください、俺はイスに座ってまま寝ることができるので」

ベイルがそう言うと、ルナは少し怒った様子で彼の袖を掴む。

「疲れているベイルくんをそんなところにおいやるぐらいなら、私がそこで寝ます」

「いえ、それはさすがに……」

「でしたら、ほら、来てくださいっ」

そう言って、強引にベイルをベッドまで連れてくる。

そして、ルナはベッドに入ると掛布団を持ち上げてその隣にスペースを作る。

「さあっ」

少し上擦った声でベッドに入るように急かされて、ベイルは困惑する。

いくらなんでもそれはまずいのではと思う反面、彼女が強情なことも知っているベイルはこのままでは事態が一向に進まないこともわかっている。

逡巡の後、ベイルが折れた。

「失礼します」

ゆっくりと彼女の横に入る。

寝慣れたベッドのはずなのに、何故かいつもより硬く感じる。

一人用のベッドなので、ルナの肩にベイルの肩が触れてしまう。

その温もりを感じてドギマギとしながら、ベイルはすぐに寝てしまおうと硬く瞼を閉じた。

◆

ベイルがすぐ隣にいるということで雷が鳴っても驚くことなくまどろみに身を委ねることができていたルナであったが、気持ちに余裕ができてすぐ、自分がとんでもないことをしてしまったことに考えが行きつき、布団の中で顔を真っ赤にしていた。

すぐ隣にはベイルがいる。

……それ自体はいつものことのような気もするが、今日は場所が場所だ。

天井を見つめるよう努める一方で、時々視線を横に向けるとベイルの横顔が見える。

慌てて視線を逸らし、天井を見つめて、そしてまた視線を横に――。

そのエンドレスを続けている間に時間は過ぎていく。

時間を追うごとに眠気は増すどころか意識は覚めていき、心臓の鼓動が早くなる。

「べ、ベイルくん……?」

眠ることを諦めて、せめてこの緊張をほぐそうとルナはベイルに声をかける。

が、返事が返ってこない。

「も、もしかして、もう眠りましたか?」

その問いにも返答がない。

耳を澄ますと、スーッ、スーッという規則正しい寝息が聞こえてきた。

「…………」

全身から一気に力が抜ける。

意識していたのが自分だけだということがわかって、途端に緊張が解けた。

同時に、少し釈然としない。

緊張していたのが自分だけだったということがなぜか悔しい。

「……ベイルくんは、本当に意地悪です」

仕返しと言わんばかりにルナはベイルの方へ体勢を変えると、彼の左腕を掴む。

その温もりを感じながら、彼の寝息に誘導されるようにルナはようやく眠りについた──。

◆

「……やっと寝たか」

ルナから寝息が聞こえたのを確認して、ベイルはハーッと息を吐き出した。

ずっと寝たふりをするのを楽ではない。

ルナを起こさないようにゆっくりとベッドを出て、再び息を吐く。

ベッドの上では気持ちよさそうに表情を緩めて眠るルナ。

そんな彼女を見つめてベイルもまた表情を緩め、文句を一つ。

「この状況で、寝れるわけがないだろ……」

◆

初夏特有の雨期が去り、草原のそこかしこに生まれた水溜まりがその数を減らし始めたころ。

夏一番のイベントである聖霊降臨祭《ペンテコスタ》まであと三日ということで村全体はどこか騒々しくなっていた。

午後の時間に教会の庭で遊びまわる子どもたちも、どこか浮かれ気分だ。

そんな子どもたちの笑い声を背に、ベイルたちは聖霊降臨祭《ペンテコスタ》に向けて教会の大掃除に取り掛かっていた。

聖霊降臨祭当日は教会で昼まで祈りを捧げることになっている。

そのための準備をしているというわけだ。

「ベイルくん、これはどこに持っていけばいいですか？」

白い大きな布を胸に抱きかかえながら、ルナはベイルに問いかける。

礼拝堂の長椅子を整えていたベイルは振り返りながら、ステンドグラスの真下にある祭壇を指差す。

「聖霊降臨祭《ペンテコスタ》の日に祭壇にかけるものなので、そこに置いておいてください」

「はいっ」

言われてルナは祭壇に歩み寄り、その上に布をそっとのせる。

そのまま振り返り、長椅子を丁寧に拭くベイルの背中を見つめて頬を緩ませた。

「？　聖女様……？」

ルナが後ろで立ち止まった気配を感じて、ベイルは不思議そうに振り向く。

慌ててルナはベイルから顔を逸らす。

その仕草を不思議に思いながらも再び視線を長椅子に戻したその時、乱暴に教会の扉が開けられた。

「誰かいるか！」

いつになく焦りに満ちた声を礼拝堂に響かせながら飛び込んできたのはチャドだった。

彼の後ろには何人かの屈強な男たちが続いている。

「チャドさん？」

彼の声にベイルが顔を上げる。

長椅子の間に屈むベイルを見つけるや否やチャドは声を荒らげる。

「怪我人だ！　親方が滑り落ちて――」

言いながら半身を下げ、自身の後方へベイルたちの視線を誘導する。

見ると、彼の後ろに続いていた屈強な男たちの背中に血だらけの初老の男性の姿があった。

「ッ、聖女様！」

「は、はい！」

瞬間、ベイルの目つきが変わる。

彼の呼びかけにルナは弾かれたように奥へと駆け出す。

次いで、ベイルがチャドに指示を送る。

「奥へ運んでください。後、何人かは子どもたちが入ってこないように見張っておいてくださいそれと、アドレーさんも呼んでください」

「わ、わかった」

ベイルの指示をチャドは素早く後方へ伝える。

そうしながら自分たちの親方であるウォルフを抱えた男とチャドがベイルの後に続く。

教会のすぐ奥にある小さな部屋に設置された寝台にウォルフを寝かせる。

改めて見ると、全身に打撲の跡があり、所々に刻まれた裂傷からそう少なくはない血が流れ出ている。

呼吸も浅い。

素人目に見ても危ない状況だ。

チャドたちが慌てるのも納得できる。

だが、この教会には彼女が——ルナがいる。

「——ッ」

寝台の傍に跪いたルナが、ウォルフの患部に手を触れる。

そして唇を真一文字に引き結ぶと、祈るようにギュッと瞑目した。

瞬間、彼女の手から光が溢れ、裂傷を覆う。

そしてその光が治まるころには、裂傷は跡形もなく綺麗になっていた。

しかしそれで安堵している暇はない。

すぐさま別の怪我へと手を伸ばす。

彼女が治療する光景を後ろから見つめながら、いまだ不安そうにして隣に佇むチャドたちに声をかける。

「大丈夫ですよ。聖女様の力があれば、このぐらいの傷は治ります。……それで、一体何があったんですか？」

問われて、チャドは気まずそうに目を伏せるとか細い声で答える。

「その、今日は北部の山に薪を取りに行っていたんだ。ほら、聖霊降臨祭《ペンテコスタ》で使う。それで山を登っている時に弟子の一人が足を滑らせて、親方はそれを庇って山道を転げ落ちたんだ」

「なるほど。皆さんに怪我はありませんか？」

「うん、大丈夫だ。ただ、流石に薪を回収することはできなかったけどね」

「仕方ありません。しかしよく親方をここまで運んでこられましたね。結構な距離でしたでしょう」

「弟子の皆で代わる代わるね。本当に聖女様が頼みの綱だった。間に合ってよかったよ」

そう言って、チャドはくたびれた笑みを浮かべる。

北部の山脈からこの村までの道のりを全力で走ってきたとあっては相当な疲労だっただろう。

それでもウォルフのために必死に走り抜いたのだ。

弟子を庇った親方と、親方を必死に救おうとした弟子。

両者の関係がとても尊いものに感じて、ベイルは薄らと笑みを浮かべた。

◆

「……ぁ」

「！　親方ッ！」

ルナによる治療が終わってから眠ったままであったウォルフの目がゆっくりと開いたのを見て、寝台の傍から固唾をのんで彼の安否を見守っていたチャドたちが一斉に声を上げる。

その声に反応して、ウォルフは視線を横へ向けた。

「ここは……」

「教会です、ウォルフさん」

優しくベイルが語りかける。

彼の姿を視界に収めたウォルフは一瞬口を開き、それから状況を整理したのか「ああ……」と掠れた声を零した。

「そうか、私は山道を……」

「親方ぁ、すいません！　俺のせいで……！」

恐らくは彼が最初に滑り落ちかけた弟子なのだろう、と。

ウォルフに向けて頭を下げながら号泣している男性を見てベイルは密かに理解した。

そんな男性にウォルフは笑いかける。

「なぁに、気にするな。よくあることだ。それよりもお前たち、私のことはいいから早く帰って休め。そんな調子で肝心の聖霊降臨祭《ペンテコスタ》に間に合わなかったら大ごとだ。そうだろう？」

明日の作業に向けて早く休めと、ウォルフは告げる。

だが、その指示に逡巡してみせる弟子たち。

その中でチャドが声を発する。

「みんな、親方の言うとおり今日はもう休もう。明日は今日の分も働かないといけない。フラフラのまま作業に取り掛かってまた今日みたいなことになったら大変だろ？」

チャドの言葉に弟子たちはそれでも躊躇いを見せる。

「それに、親方なら大丈夫だ。聖女様の治療してもらったんだから。ですよね、親方？」

「ああ。私はこのとおり大丈夫だ」

ウォルフは笑いながら力強く頷く。

その笑みに安堵したのか、弟子たちは「じゃあ」と身支度を整え始めた。

「すまんな、チャド」

「……いえ。親方も、今日は安静になさってください」

弟子たちが身支度を整える中、ウォルフがそっと声をかける。

それに返したチャドの声は僅かに震えていた。

きっと、彼もウォルフのことが心配なのだろう。

それでもウォルフの意思を汲み取り、自分の気持ちを押し殺して皆を纏めたのだ。

（……シェリーさんは、チャドさんのこういうところに惚れたのか）

チャドの背中を見ながら、ベイルは場違いな感慨を抱いた。

◆

チャドたちが教会を去り、そしてウォルフをアドレーに引き渡した後、ベイルたちはいつもより遅めの夕食を摂っていた。

「聖女様、今日は本当にお疲れさまでした」

食事をとりながら、ベイルは対面に座るルナに労いの声をかける。

今日のような大怪我をルナが治療したのは久方ぶりだ。

その精神的な疲労も普段とは比べ物にならないだろう。

ルナは気丈にも笑って見せる。

「いえ、ベイルくんもお疲れさまでした。それにしても、助けられて本当に良かったです」

「ええ、本当に」

いかにルナの力が奇跡に等しい力であっても、死人までは生き返らせることができない。

もし彼らの到着が遅れていれば、あるいは助からなかったかもしれなかった。

「明日は一層気を付けて欲しいですね」

恐らくは明日も山へと赴くはずのチャドたちの身を案じる。

「聖霊降臨祭《ペンテコスタ》も、もうすぐですからね」

去年すでに聖霊降臨祭《ペンテコスタ》に参加したことのあるベイルたちは、代々この祭りのキャンプファイヤーで使用される薪が北部の山脈の頂上近くにある巨大な樹木群から採ったものであることを知っている。

なんでもあの山には草原一帯を見守る神が眠っているとされているのだとか。

そういった理由があって、大工たちは山に立ち入り薪を集め、それを草原に丁寧に積み上げる。

雨が降っている雨期にそれをするわけにもいかないので、この一連の仕事をほんの数日で行う必要がある。

大変だがやりがいがあると、いつかチャドが笑ってそう言っていたのを思い出す。

「プロポーズ、うまくいくでしょうか」

聖霊降臨祭《ペンテコスタ》の話をしていた流れで、ルナがぽつりと呟いた。

言われて、ベイルは顎に手を当てる。

「さあ、どうでしょう。ただ……」

一息置いて、彼は脳裏で先ほどのチャドの行動を思い起こす。

「俺がもし女性だったら、チャドのプロポーズは断らないと思いますよ」

チャドは普段は少し抜けたところがあるが、ここぞというところで頼りがいのある男だ。

自分が女性であったら、あるいは。

「……って、変なこと言っちゃいました。あの、勘違いしないでくださいよ。別に俺、チャドのことをそういう目で見ているわけではありませんから」

慌ててベイルは訂正する。

すると、ルナはくすくすと笑って見せた。

「わかっていますよ。でも、ベイルくんがそう言っていたことをチャドさんが知ったら喜ぶと思いますよ？」

「いやですよ。チャドさんに言ったら暫くの間絶対に顔を合わすごとにそれをネタにからかってきますから」

むすっとした表情でパンを頬張るベイルに、ルナはさらに微苦笑を浮かべる。

そして彼女もまた、「確かに今日のチャドさんはなんだか凛々しかったですからね」と、ベイルの言葉を肯定する。

彼女自身、ああいったチャドを見るのは初めてだったのだろう。

異性の目から見て、彼の姿が格好良く見えたはずだ。

並大抵の女性であればあの姿に惚れてもおかしくない。

しかし、ルナは——。

いまだにパンを頬張るベイルをチラリと見て、ルナは口元をカップで隠す。

そうしながら頬を僅かに染めてぼそりと呟く。

「でも、私は断りますよ」

◆

平素よりも一層神聖な、そして荘厳な雰囲気を醸し出す教会内。

礼拝堂の祭壇前で、ステンドグラスから放たれる光を浴びながらベイルは威厳のある声で祈りを捧げていた。

今日は聖霊降臨祭《ペンテコスタ》当日。

午前中の間は教会内で祈りを捧げることになっている。

ベイルの装いもいつもとは違い、牧師服の上に黒いケープを羽織っている。

白い布がかけられた祭壇の向こう側、ベイルの前方には整然と並べられた長椅子に所狭しと腰掛ける村人たちの姿があった。

彼らはベイルの祈りに耳を傾け、手にした十字架を顔の前で握り、瞑目している。

ベイルの一歩後ろに立つルナもまた、静かに目を瞑っている。

こうして、祈りを捧げる儀式は午前の間厳粛に執り行われた。

◆

祈りを捧げ終えた後は、村を出た草原で昼食をとることになっている。

なんでも山に住むという神々に食を楽しみ、命に感謝する姿勢を見せるためのものだとか。

その例に漏れることなく今年も村中の人間が草原に出て、持ち寄った食べ物をワイワイと楽しくとっていた。

午前の間、騒ぐことすら許されなかった子どもたちは昼食を食べるのもよそに置いて草原を元気よく走り回り、それを親に見咎められている。

ただじっと座って祈りに耳を傾け、あるいは祈りを捧げる行為は子どもたちからすれば暇なものでしかないのだろう。

ある意味彼らの行動は仕方がないともいえる。

そしてそんな子どもたちの様子をベイルとルナは少し小高い丘に陣取り、眺めていた。

彼らの手には、ベイルが朝から作って置いたサンドウィッチが握られている。

「お疲れさまでした、ベイルくん」

ルナが労いの声をかける。

ベイルがすることはもう殆ど終わったようなものだ。

後はこのまま草原でのんべんだらりと過ごし、陽が沈んできたころにキャンプファイヤーを囲んで踊ったり酒を飲んだり、ともかく好き勝手に騒ぐだけなのだから。

ベイルは僅かに笑むと、自身が羽織る黒いケープを抓む。

「本当は早くこれを脱いでしまいたいんですけどね。なんだか息苦しいですから」

「そうですか？　とてもよく似合っていますよ？」

首を小さく傾げ、覗き込むような仕草でルナはそう告げる。

ベイルは一瞬固まると、一つ咳ばらいを挟み、視線を辺りに彷徨わせる。

その最中で、草原の中央に佇むあるものを捉えて話題をそちらに移す。

「立派ですね」

「……はい」

ベイルの視線を辿ったルナも深く頷く。

彼らの視線の先には綺麗に、そして正確に組まれた薪が屹立している。

夜のキャンプファイヤーで使うものだ。

三日前は思わぬ事故で進行が遅れたが、チャドたちはうまくやったらしい。

そういう意味も込めて賛辞の声を上げていると、唐突に背後から声がかけられる。

「そうだろう、そうだろう。俺もまだ捨てたもんじゃないだろ？」

「チャドさん、それにシェリーさんもっ」

振り返ったルナがそこに立つ人物の名を呼ぶ。

チャドはどこか誇らしげな笑みを湛えている。

そんなチャドに「あなたが一人で造ったわけじゃないでしょう」とどこか窘めるような語気で告げるシェリー。

そのやり取りがどこか可笑しくて、ベイルとルナは互いに見合いながらくすりと笑う。

「ウォルフさんの容体はその後どうですか？」

「すっかり元気なもんだよ。もう少し静かなぐらいがちょうどいいと、皆で笑いながら言い合える程度にはね」

「それはよかったです」

冗談にできる程度には回復したらしい。

アドレーの処置も適切だったのだろう。

ルナの力は傷を癒すことはできても、失ったものを元に戻すことはできない。

それはアドレーも承知のことであり、重傷を負った患者の怪我をルナが治した後は、アドレーが自身の診療所でその後の経過を慎重に観察することになっている。

チャドはちらりとベイルの服を見やり、少し茶化すような笑みを浮かべる。

「今日のベイルは格好良かったよ。いかにも牧師様って感じだったな」

「……それ、褒めてないですよね。というか、バカにしていますよね」

「まさか。……『命ありし生の恵みに感謝し、神々の恩恵と寵愛に感謝し』――プクッ」

「やっぱりバカにしてるじゃないですか！」

儀式の最中に読み上げた祈りの一説を呟きながら堪らず吹き出したチャドに、ベイルは立ち上がり、半眼で睨む。

が、横にいたシェリーが彼の横腹を小突いたのを見て苦笑いを浮かべる。

「――っと、親方のところに戻らないと。邪魔したね。それじゃあまた」

思い出したようにチャドが手を振り、それに合わせてシェリーが頭を下げる。

ベイルたちも挨拶を返しながら、背を向けたチャドに声をかける。

「チャドさん」

「ん？」

不思議そうに振り返ったチャドの目を見つめて、ベイルは言う。

「頑張ってください」

それは、これからの仕事を頑張れという意味と、そして何より、その後のことも示している。

無論、チャドにもその意図は伝わる。

チャドは不自然に膨らんだ胸ポケットに手を添えると、先ほどまでのおどけた雰囲気を置き去りにして極めて紳士的な表情を返す。

「――ああ」

確かな覚悟を秘めたその姿には、以前まで教会に足蹴く通い、悩みを吐露していた彼の姿はどこへやら。

立ち去っていく二人の背中を見送って、ルナがぽつりと呟く。

「チャドさん、全然気負った様子がありませんでしたね。なんだか私の方が緊張してきました」

「俺もです。自分がプロポーズするわけではないんですけどね。でも、チャドさんの様子を見る限り心配する必要もなさそうですけど」

「そうですね」

ベイルの言葉にルナは微笑み返す。

そうしてから、乙女のような表情で呟く。

「チャドさん、どういう風にプロポーズするんでしょう」

「さあ。でもまあ、チャドさんのことですから最初はキザな言い回しにしようとして、途中で噛みそうな気がしますけどね」

「ふふっ、その様子が想像できます」

二人で微笑み合い、そして視線を草原をいまだに走り回る子どもたちに向けながらベイルは小さく呟く。

「これが終わったら、婚礼の儀の準備をしないといけませんね」

◆

結果だけを言えば、チャドのプロポーズは成功した。

聖霊降臨祭《ペンテコスタ》の夜。

漆黒の夜空へキャンプファイヤーの煙が立ち昇る中、チャドがシェリーを離れた場所へ連れ出すのをベイルたちは見ていた。

そしてその翌日の早朝に、プロポーズが成功したことを伝えにチャドが教会に現れたのだ。

それから一月が経った今日、二人の婚礼の儀が執り行われていた。

教会の礼拝堂。その祭壇の前にめかしこんだチャドと、白いドレスを身に纏ったシェリーが手を取り合って佇む。

祭壇には婚約指輪が祀られ、ステンドグラス越しに礼拝堂に降り注ぐ色とりどりの光がまるで祝福するかのように彼らを照らす。

朗々と響き渡るのは、二人の前で祝詞を紡ぐベイルの声。

やがてベイルは手に持っていた分厚い本をパタリと閉じ、しばし瞑目する。

何かを祈るような沈黙の後、目を開けたベイルは婚約指輪をそっと手に取り、二人を見やる。

「では、チャドさんはこちらを。シェリーさんはこちらを相手の指にはめてください」

婚約指輪を二つに分けて、一つずつ二人に手渡す。

指輪を受け取った二人は互いに向き直った。

◆

「改めて、ご結婚おめでとうございます」

「おめでとうございますっ」

婚礼の儀を終えて、近くの酒場を貸し切りにしての宴会の最中、ベイルはチャドに声をかける。

続いて、ルナも祝福の声をかけた。

昼間には整っていた髪を僅かに乱し、酒気で赤くなった顔でチャドは陽気に笑う。

「こちらこそ、ありがとう。二人のお陰で最高の日になったよ」

チャドの言葉に、今度はベイルたちが笑む。

社交辞令であったとしてもそう言ってもらえるのはありがたい。

「それにしても、誓いのキスはもう少し緊張すると思っていたけど、案外そうでもないんだね」

婚約指輪を互いの指にはめ合ったのち、礼拝堂に集った人々の前で口づけをしたことを振り返ってチャドが言う。

礼拝堂に集まった人たちは殆どがチャドの知り合いだ。

その人たちの前でのキスは少し気恥ずかしいものでもあり、緊張するものだとチャドは思っていた。

「あの時、俺にはシェリーしか見えなかった。同時に、この人を大切にしようって改めて思ったんだ。

「……って、何言ってんだ俺」

頬を緩ませるベイルたちを見て我に返ったチャドが恥ずかしそうに酒の入ったグラスに舌を濡らす。

「おーい、チャド。ちょっと来い！」

少し離れた場所からチャドの同僚だろうか、ガタイのいい男が彼を呼ぶ。

その声に反応してチャドは顔を上げた。

「っと、本当に今日はありがとう。これからもよろしくな」

「こちらこそ、よろしくお願いします」

「よろしくお願いしますっ」

そう言い残して、チャドは手を振りながら男の方へと駆け寄っていく。

その背中を自然と追っていると、酔いのせいかよろめいたチャドをすぐ傍にいたシェリーが叱っている姿が見える。

苦笑しながらシェリーに頭を下げるその姿に、ベイルたちは堪らず吹き出した。

「お二人を見ていると、なんだか羨ましいです」

少し物憂げな表情でルナが呟く。

それが少し気になって、ベイルは眉を寄せた。

「聖女様は、結婚願望がおありなんですか？」

「ふぇっ？　ど、どうして急にそんなことを……」

「いえ、少し気になっただけですが」

途端に慌てふためくルナに、ベイルは首を傾げる。

今の問いは、別に話の流れを大きく逸脱したものではないはずだ。

ベイルの落ち着いた表情にルナは少し恥ずかしそうに俯くと、ぼそりと呟く。

「た、確かにそういうのに憧れますけど、私は好きな人と一緒にいられたらそれだけで十分幸せです。結婚はあくまでその先にあるものですから。……チャドさんたちだって、そうだったでしょう？」

「……そうですね」

ルナの言葉に、ベイルは深く頷く。

牧師であるベイルがこんなことを考えるのもあれだが、結婚という儀式自体はそれほど大きな意味を持たないのだろう。

二人の間を神に認められ、誓わせたところで、結局その後どうなるかは当事者しだいだ。

神のみぞ知る——なんて言葉もあるが、こと恋愛に関してはいかな神でも理解できない領域のはずだ。

何もかも見通せるのが神ならば、この世に破局などという結末があるはずがない。

そういう意味においては、ベイル自身も結婚という儀式を尊く思う。

神に支配されていないことを確信できる唯一のものだから。

「ベイルくんは、結婚願望はあるんですか？」

そんなことに考えを巡らせていると、ルナが少し躊躇いがちに小首を傾げて訊いてきた。

今度はベイルが返答に困る。

自分の中で結婚に対するある程度の認識は固まっているものの、いざ自分が当事者になるということはこれまで考えることがなかった。

——聖女様の一番のお気に入りはこれらしい。

以前、チャドの婚約指輪選びに付き合った際に彼が口にした言葉が脳裏をよぎる。

同時に、眼前でこちらを見つめてくるルナに、ベイルは思わず顔を背けた。

「……？」

ベイルのその行動に、ルナは戸惑う。

顔を背けられるような質問はしていないはずだ。

少しの間をおいて、平静を取り戻したベイルが向き直りながら口を開く。

「俺も、聖女様と同じです。別に結婚にこだわりはありません。……ただ、大切な人と一緒に居られれば、それだけで十分です」

ルナの目を見つめて、ベイルは微笑みながらそう告げる。

そうして互いに見つめ合い、どこからともなく気恥ずかしさのようなものが二人を襲う。

ほぼ同時に二人は顔を逸らした。

「わ、私、シェリーさんのところに行ってきますねっ」

そう言って慌てた様子でルナはベイルの傍を離れていく。

シェリーに駆け寄り、彼女と談笑するルナの様子をその場から眺めながら、ベイルは僅かに口角を上げた。

◆

「……暑い」

翌日。早朝から礼拝堂にて婚礼の儀の後片付けを行っていたベイルは、小さく息を吐き出して額を軽く拭った。

いつの間にか夏真っ盛りとなり、早朝でも暑い。

特にこの辺りは周囲を山に囲まれているせいか、夏場はジメッとした空気が草原一帯に留まり続ける。

だが、自分はまだいい。

ベイルはルナの私室がある方を見つめる。

体が弱い彼女は、特に夏に弱い。

少し目を離すとすぐに倒れてしまうのは、神殿時代から変わらない。

一層気を引き締めないといけないな、とベイルはまた額にジワリと滲み出た汗を拭いながら決意した。

さて、と朝食の準備をするべく厨房に向かおうとしたその矢先、教会の扉がドンドンと激しく叩かれた。

慌てて駆け寄り、扉をゆっくりと開ける。

すると、

「ふんっ、この僕を待たせるとはいい度胸だ！」

「え、ええと……？」

扉の外には鈍色の鎧を輝かせる金髪赤目の青年。

やけに尊大な態度でベイルを指差してくる。

困惑するベイルに青年は誇らしげに胸を張ると、高らかに名乗り始めた。

「覚えておくがいい。僕の名はギリアン・レドモンド。神に見初められ、超常の力を与えられた選ばれし者。――そう、この僕こそが世界を救う英雄、勇者だ！」

第五章

世界には稀人《まれびと》と呼ばれる特別な力を有した人々がいる。

その力はおよそ普通の人間では成し得ないものであり、俗に奇跡と称されるものばかりだ。

ギリアン・レドモンドもまた、稀人の一人であった。

彼は十五のころから、その特異な力を活かして魔獣の討伐を行うようになった。

そんな彼をいつしか周囲は「勇者」と崇め、畏怖し始める。

二十一になった今、その名声は他国にまで知れ渡っている。

創世神と契約し、神の如き力を持つ神官を有する神聖ジェネシス帝国、そしてアポストロ教皇国と敵対関係にあるスチュアート共和国が存続できているのも、ギリアンの存在によるところも大きい。

英雄色を好むと言うが、ギリアンもその例に漏れることなく何人もの美女を愛人として侍らせて各地を回っている。

にもかかわらず、魔獣の討伐はただ一人で行う。

——女好きの正義漢。

それが、勇者ギリアンへの世間の評価だ。

女を侍らせながら、色欲に溺れることなく何年もの間国内の魔獣を討伐して回る彼は、共和国にとっても重要な存在だ。

……と、ベイルは勇者ギリアンのことをそう聞き及んでいた。

だが、その評価も今変わろうとしている。

「なんだこの茶は。もう少し高級なものはないのか？」

教会内の応接室。そのソファにふんぞり返る勇者、ギリアン・レドモンドを対面から見つめながら、ベイルは眉を寄せた。

早朝。突然教会に現れたのは噂に名高い勇者だった。

一体全体何の用だろうと、ひとまずベイルはギリアンを応接室に招き入れたのだ。

「あの、それでギリアンさん、一体どうされたのでしょう」

一見プライドが高そうなギリアンを刺激しないようになるべく穏便に話しかける。

すると、ギリアンは顔を顰める。

「ギリアン、さん？」

「……はい？」

「この僕をさん付けで呼ぶとは聞き捨てならないな。様と呼べ、ギリアン様と！」

ギリアンの言葉に、ベイルは呆気にとられる。

（……噂は実際とは違うものだけど、ここまで違うとは）

世間の評価では、勇者ギリアンは正義を尊ぶらしいが、少なくとも今目の前にいる男はただの傲《ごう》岸《がん》不《ふ》遜《そん》な礼儀知らずである。

本当に勇者なのかどうかすら怪しくなってきた。

とはいえ、ひとまずギリアンの話を聞かなければ先に進めない。

ベイルは一つ咳払いを挟むと顔を僅かにひきつらせながら口を開いた。

「失礼しました。その、ギリアン様はどのようなご用でこの場へ？」

ベイルのへりくだった態度に機嫌を直したのか、ギリアンはふんっと鼻を鳴らすと腕を組み、変わらず尊大な態度で応える。

「用？　勇者であるこの僕がこんな辺鄙な村に来た理由なんて一つに決まっているだろ？　南方の山脈に現れたという魔獣の調査とその討伐だ」

言われて、ベイルはあぁと得心がいく。

以前薬草採取のために南部の山脈に立ち入った時、魔獣と遭遇したことをベイルが村の自警団に報告した時。

そういえば、夏頃に再度調査隊を派遣することになったと言っていたような。

その調査隊が、勇者ギリアンということか。

「調査は明日から行う。君は今日一日僕を精一杯もてなせばいい。この僕をもてなすことができるんだ。光栄に思いたまえ」

「ま、待ってください。この教会に滞在されるということですか？」

ベイルが問うとギリアンは「そうだが？」と、何か問題でもあるのかと不思議そうに眉を寄せた。

「いえ、そういうわけでは。……ただ、この教会は大勢が滞在することを想定していませんので、ギリアン様のお供の方々の分の部屋までは」

無論、ベイルたちの自室を除いても何部屋かは空いている部屋がある。

だが、当然ギリアンも一人ではない。

彼が国を回る際に引き連れている護衛や彼の愛人までを泊める余裕はない。

なぜか今彼の連れの姿は見えないが、きっと近くをぶらついているだけだろう。

教会のキャパを考えての言葉に、ギリアンは笑う。

「大丈夫だ。この教会に泊まるのは僕だけだ。他は皆、村長の家にいる」

「……？　あの、失礼ながらそれでしたらギリアン様も村長の家に滞在されては？」

確かに村長の家は教会よりも大きい。

一行を泊めるぐらいの余裕はあるだろう。

だがそれならば、ギリアンも村長の家に泊まればいい。

なぜわざわざ自分一人だけ教会に泊まろうとするのか。

ベイルが問うと、ギリアンは不満げに鼻を鳴らし、深いため息をつく。

「この僕に、あんな粗末な家に泊まれと？　それも、雑魚たちと一緒に？　くはっ、ふはははっ！

冗談にしては笑えないな」

笑ってるじゃないか、と思ったのは胸の奥にしまっておく。

「まあ僕も鬼ではない。こんな辺境の村に僕を泊めるに相応しい場所があるとは思っていないさ。

だからこの教会に泊まってあげようと、そういうわけだよ。神に選ばれた僕には、神が宿るこの教会こそ相応しい。……そうだろう？」

自分が語ったことを信じて疑わないといった様子で、ギリアンはベイルに同意を求める。

ベイルは苦笑いでその場を濁した。

ギリアンという人間がどうであれ、彼が魔獣の調査および討伐に赴いてくれたことには変わりない。

あくまで自分は地方の教会の、ただの一牧師として振る舞わなければ。

ベイルがそう決意すると同時に、応接室の扉が開かれた。

「ベイルくん、お客様ですか……？」

恐る恐るといった様子で、廊下からルナがひょこりと顔を出す。

今起きたらしい。

ルナがパジャマ姿ではなく、いつもの純白の外套を羽織っているのを見てベイルはほっと胸を撫で下ろした。

彼女の無防備な姿を、ギリアンには見せたくなかった。

ルナの問いに答えようとベイルが口を開くよりも先に、目の前を強い風が吹いた。

気づけば、先ほどまで対面のソファに腰掛けていたはずのギリアンが、扉の前にまで移動していた。

「君、名前は？」

突然目の前に現れた金髪の青年に目を丸くしているルナに、ギリアンは柔らかに微笑みかけながら問いかけた。

ルナは戸惑いながら答える。

「ル、ルナです」

「ふっ、いい名だ。……よし、ルナ。君を僕の愛人にしてあげよう」

「え、ええっと……？」

突然の、そして強引な物言いにルナは困惑する。

助けを求めてベイルに視線を送った。

その眼差しを受けて、ベイルは慌てて立ち上がる。

「あの、ギリアン様。聖女様が戸惑って――」

「ああ失礼、名乗り忘れていた。僕はギリアン。この国で勇者をやっている」

「勇者――!?」

ベイルの言葉を無視してギリアンが続けた口上に、ルナは瞠目する。

彼女の驚く様子を見て気分をよくしたのか、ギリアンはきざな仕草で髪をかきあげる。

「答えに窮する気持ちはわかるよ。なにせこの僕の愛人になれるのだからね、自分がその場につくことに相応しいのか不安なのだろう。だが心配することはない。君の美しさは及第点だ。僕の愛人になることを、この僕が許そう！」

そう告げながら、慣れた所作でルナにさらに詰め寄る。

怯えながらギリアンから逃げるようにルナは後ずさるが、いつの間にか閉まっていた扉に退路をふさがれる。

ギリアンは笑みを深めると、ルナが被る外套のフードを取るべく手を伸ばした。

「っ、ベイルくん――ッ」

「――！」

その瞬間、ギリアンは目を丸くする。

「彼女にそれ以上近づくな」

ルナに向けて伸ばされたギリアンの右腕を掴んだまま、ベイルが鋭く、そして低い声で警告する。

その声には殺気さえこめられている。

ギリアンは自分の右腕を強く掴むベイルの手と、そして彼の鋭い眼差しを交互に見つめる。

そして、彼もまた目を細めた。

「……君、何様のつもり？　この僕に指図をするなんて、許されると思っているのかな？」

――空気が、震える。

比喩でも何でもなく、事実として。

応接室の窓ガラスがガタガタと揺れ、三人の衣服や髪がまるで草原のただ中にいるかのように揺れる。

勇者が放つ、その威圧。

しかしベイルは臆することなく、殺気を向けてくるギリアンの右腕を掴んだまま睨み返す。

一瞬驚いた様子を見せながら、ギリアンは腕をふりほどこうと右腕に力を込めた。

だが、彼の腕はベイルに掴まれたままピクリとも動かない。

ギリアンは険しい顔つきを一転、「へぇ」と意味ありげな笑みを浮かべると、小さくため息をこぼした。

「まあいいや。僕はこんな辺境の地に来たばかりで疲れているんだ。休ませてもらうよ」

「え、は、はい……」

態度を急に変えたギリアンに虚を突かれたベイルは、慌てて彼の右腕を放す。

ギリアンは軽く伸びをしながら応接室の扉を押し開ける。

少しして、廊下にでていったギリアンをベイルは慌てて追い、空いている部屋へと案内した。

◆

「そうですか、わかりました」

ギリアンとの一悶着を終えて、彼が教会の空き部屋で休んだのを確認したベイルたちは、村長の家を訪れていた。

ギリアンの話が本当なのか、その確認をするためだ。

彼が勇者であり、そして彼の連れが皆村長の家に滞在していることを確認したベイルたちは村長の家を後にする。

教会への帰り道。

少し暗い面持ちでルナは呟く。

「突然のことにびっくりしました。でも、これで南部も安全になりますね」

「そうですね」

仮にも勇者であるギリアンたちが来てくれた以上、ベイルが魔獣と遭遇して以来立ち入り禁止となっていた南部の山脈も直に開放されるだろう。

そういう意味ではギリアンのことは歓迎すべきだ。

だが――。

『――よし、ルナ。君を僕の愛人にしてあげよう』

「……っ」

「ベイルくん？」

不快そうに眉を寄せるベイルに、ルナが気遣わしげに声をかける。

彼女の純粋な眼差しに、自分が今とても自分勝手な感情を抱いてしまったことがなんだか恥ずかしくなって、慌てて話題を逸らす。

「その、先ほどは助けるのが遅くなってすみませんでした」

先ほど、ギリアンに詰め寄られていた際に対応が遅れたことを謝る。

仮にも勇者である彼の機嫌を損ねることを恐れて、対応が遅れてしまった。

自分はいつもそうだ、と。

ベイルはルナに気付かれないように拳に力を込める。

思えば以前も。

助けを求めている彼女に手をさしのべるのは、いつだってギリギリだった。

つくづく、そんな自分が嫌になる。

ベイルの謝罪を受けて、ルナは不思議そうに彼の顔をのぞき込む。

「いえ、こちらこそ助けてくれてありがとうございますっ。……本当に大変な時はいつもベイルくんが助けてくれるので、それに甘えてしまっています。私も少しは強くならないといけませんね」

俯きがちに、ルナは言う。

ベイルは大きく首を横に振る。

「聖女様は十分お強いですよ。……俺にぐらい甘えてください。俺も、聖女様に頼られるのは嬉しいですから」

そう言いながら、ベイルは彼女の頭に手を伸ばす。

ルナはその手を抵抗することなく受け入れた。

外套のフード越しに頭を撫でられながら、ルナは頬を赤く染めて嬉しそうに微笑んだ。

◆

「聖女様、お願いします！」

「は、はい……ッ」

午後の教会に慌ただしい声が響き渡る。

早朝に勇者が急に訪れてきたかと思えば、昼下がりのこの時間に突然怪我人が運ばれてきた。

階段から転落したという子どもの頭部に押し付けられた布は、赤黒い血で汚れている。

慌ててルナが、いつものように治療を施し始めた。

傷口を塞いでいた布を取り除き、そこからじわじわと溢れてくる血に顔を顰めながら、ルナはそ

こに手を伸ばす。

ポゥッと、最初は淡く優しい光が彼女の手の先に灯り、次第に激しさを増して子どもの傷口へと流れ込んでいく。

それまで苦悶に満ちた声を上げていた子どもが穏やかな表情へと変わっていくのを、ベイルはすぐ傍で見つめていた。

彼女の力をもってすれば、たとえ死に至るような傷もみるみるうちに癒してしまえる。

この村に住む人たちがこんな辺境の地にもかかわらず安心して暮らせているのは、彼女の存在あってこそだ。

ルナたちがこのノーティス村に流れ着く前は、村唯一の医者であるアドレーだけでは救えない命も多くあった。

この村の住人たちにとって、ルナは紛れもなく聖女だ。

神殿による聖女になるための〝英才教育〟など、彼女には必要ない。

それを再確認するかのように、ベイルは子どもの傍に膝をつき、必死に治療を行うルナの顔を見つめる。

「……へぇ」

そんな二人を、騒ぎで目を覚ましたギリアンが興味深げに遠目から見つめていた。

◆

その日の夜。

血に塗れた礼拝堂の後片付けを終え、ギリアンたちに夕食を提供した後、いつものような食後のティータイムは行わずにベイルたちはそれぞれの部屋へと戻っていた。

日課を行わなかった理由は、言わずもがなギリアンの存在である。

部外者が泊まっている教会の食堂で紅茶を片手に落ち着いて他愛もない話に興じることができるかと言われれば、それは無理な話だ。

結局、どちらが言うでもなしに互いに無言で部屋へと戻った。

寝静まった夏の夜。

静寂を壊さない程度に控えめに鳴く虫たちの声が心地よい。

そんなことを、ベイルはベッドに横になったままボーッと考えていた。

ルナとのんびりと語らった後に眠るのが一日のルーチンになっていたせいか、一向に眠気が襲ってこない。

意思に反して冴える思考の中で必死に眠ろうと目を瞑った直後、その気配を感じ取った。

目を開き、廊下へと視線を向ける。

何かが必死に気配を押し殺して動く気配。

それは、ゆっくりとルナの部屋へと向かっている。

慌ててベッドから起き上がり、扉を開けて廊下へと出る。

そして、今まさにルナの部屋のドアノブに手をかけようとしていたギリアンへ鋭い声をかける。

「何をされているんですか、ギリアン様」

「……また君か。つくづく僕の邪魔をするのが好きらしい」

ベイルに声をかけられ、一瞬びくりとしてからすぐに気怠そうな眼差しを向けてくる。

その言葉に反論しようとしたベイルだったが、部屋の中からルナに「ベイルくん……？」と、眠たげな声をかけられて、慌ててその声に応じる。

「な、なんでもありません。少し喉が渇いたので水でも飲みに行こうとしていただけです」

部屋から返答はなかったが、代わりにベッドが軋む音と共にルナの動く気配がなくなったのを感じとって、ベイルは胸を撫でおろした。

そして、すぐさまギリアンに視線を向ける。

「ギリアン様、少し場所を移しましょう」

◆

「……なんだ。この僕をこんなところまで連れ出して」

場所を教会の中庭に移し、ギリアンは呆れたように愚痴をこぼす。

それでもベイルの背中についてきたのは、多分ルナの部屋に忍び込もうとしたところを見咎められたことに、少なからず罰の悪さを覚えたのだろう。

中庭の中央でベイルは立ち止まり、振り返る。

そして、咎めるような声色で問いただす。

「一体、どういうつもりですか」

「何がだ？」

「夜中に聖女様の部屋に侵入しようとした理由です」

誤魔化しは許さないといった様子で問い詰めるベイルに、ギリアンは面倒くさそうにため息を零す。

「大したことではないさ。ただ、彼女を勧誘しようと思ってね」

「勧誘？　それは今朝の話ですか？」

今朝、ギリアンがルナと会って早々に彼女を愛人にしようとしたことを思い出す。

無論、彼の勧誘がそのことを指すのならばそれを許すつもりは毛頭ない。

が、予想に反してギリアンは首を振った。

「ああ、愛人のことか。無論それもあるけどね。ただ今度の勧誘はそれとは別の話だ。彼女に、この僕のパーティーに入らないかと誘うつもりだったんだよ」

「――！」

「先ほどの力、見させてもらったよ。まさか彼女も神に選ばれた存在――稀人の一人だったとはね。人の傷を癒す彼女の力は、必ずや僕のこれからの旅路で役に立つだろう。彼女は、こんな辺境の地で安穏とした暮らしを送っていいような存在じゃない」

ギリッと、歯を食いしばる。

そして、振り絞るように声を発する。

「……だから、彼女を連れて行くと」

「そのとおりだとも。彼女には、その義務がある」

「義務、だと？」

険しい顔つきで反芻する。

いつの間にか敬語ではなくなったベイルのそれを、しかし咎めることなく、ギリアンは大仰な仕草で夜空を仰いだ。

月と星の煌めきの下に輝く彼の金髪。

キザすぎるその仕草がいやに似合っていて、ベイルはそれが気に食わなかった。

ギリアンは目を細めて、それから自分に言い聞かせるように語り始める。

「力がある者は、それを振るってしかるべきだ。その他大勢の、力無き者のためにも。だから僕は、勇者としてこの国を救い続けている。――それが、神に選ばれた者の使命だ」

力強くそう言ってのけたギリアンのその決意は、紛れもなく勇者のものだ。

その考えは、誰の目から見ても崇高なものに映る。

だが、それでも――。

「彼女、ルナの力もその一つ。あらゆる傷を瞬時に治す力がどれほどの価値を持つか、君は考えたことがあるか？　その力があれば、僕だけじゃない。僕と同じように魔獣を討伐せんと国を巡る同胞たちを救うこともできる」

「……聖女様がこの村に居れば、この村の人たちだって救われる」

「辺境の村でなんの意味もなく生を送る奴らと、人々を救って回る英雄を一緒くたにしないで欲しいな」

ベイルの反論を、ギリアンは一笑に付す。

ただの人と、神に選ばれた者とでは命の価値が違うと。

「物事には優先順位というものがある。この場合、彼女は僕についてくることこそが何よりも優先されるべきだ。——その方が、より多くの者が救われるのだからね」

そう言って、一つため息を吐く。

「本当ならば僕も、こんなところで時間を使うつもりじゃなかったんだ。人があまり寄り付かない南部の山脈の調査？　そんなものよりも、もっと優先すべき場所があるというのに」

「——！　まさか、北部の調査を行わなかったのはッ」

「ああ、この僕だとも。ここ以上に魔獣の被害に苦しむ場所はたくさんあるんだ。どちらを優先すべきなのかはわかりきっているだろう？」

「……ッ」

ギリアンの言葉に、ベイルは歯を食いしばり、拳に力を籠める。

確かに、ギリアンの考えも一理ある。

人があまりいない場所と、多くいる場所、どちらを優先するべきかなんてのは彼の言うとおりわかりきっている。

だがそれでも、自分が薬草を採取しに行かなければ魔獣に遭遇して死んでいたかもしれないアドレーのことを思うと、怒りが込み上げてくる。

確信する。

朝からなんとなく感じていたが、俺は――この男が嫌いだ。

ベイルが怒りに満ちた眼差しを向けると、ギリアンはやれやれといった様子で肩を竦めた。

「君のような凡人にはわからないだろう。力を持つ者の苦悩と葛藤を」

そう言って、話はこれまでだと手を振って立ち去ろうとするギリアンのその背中に、ベイルは叫んだ。

「……お前の言っていることは正しいのかもしれない。それでも、聖女様を巻き込ませはしない！」

「愚かだ。彼女に力を与えたのは、他でもない神だ。神に選ばれた以上、彼女にはより多くの人を救う義務がある。その義務を、責任を放棄させるつもりか？」

「当たり前だ。彼女はこれまで普通の人の何十倍、何百倍も苦しみ続けてきた。普通の少女であるはずの彼女がッ。そんな彼女に更なる不幸を押し付けるような運命を神が敷くというのなら――」

勇者の決意に勝る覚悟と共に、ベイルは宣言する。

「――俺は、そんなふざけた神は殺してみせるッ」

ベイルの心の中で、何を熱くなっているんだと自制を促すもう一人の自分がいる。

それでも、ギリアンが語る言葉一つ一つがそれを上回る怒りを沸き立たせる。

それはかつて彼が神殿へ、そして神へ抱いた怒りだ。

ベイルの宣言に、ギリアンは顔を伏せる。

「……神罰が下るぞ。背教者が」

「大いに結構。生憎と俺は、ふざけた神は信じない身だからな」

「神に仕えるべき牧師が、どの口で。……だが面白い。神を殺すときたか。あんな小娘一人の人生のために？」

「俺にとって彼女は、神なんかよりも大切な存在なんだよ」

中庭の空気が重くなっていくのを感じる。

その中で、しかしベイルは自分の中で決して揺らぐことのない事実を口にした。

ギリアンは笑いを押し殺すように右手で顔を覆う。

「くくっ、くはははは！　一人の女のために、神を殺す？　全くこれだから、何も知らない愚かな只人《ただびと》は。……ならば君には、この僕が手《て》ずから神罰を下してやろう！」

己の誇りを穢されたことへの怒りと共に、ギリアンから殺気が吹き荒れる。

それは辺りの大気を震わせ、木々や草花に悲鳴を強いる。

夏の夜に鳴く虫たちの声は、最早消え去っていた。

勇者の殺気を前にして、ベイルは自身の胸に手をやる。

そして、臆することなく迎撃の構えを取る。

そんなベイルの姿を見て、ギリアンは意外そうに表情を歪めた。

と同時に、吹き荒れていた殺気が鎮まる。

「……そういえば、君が南部の山脈で魔獣と遭遇したんだったな」

「そうだが」

「ならば明日、君に道案内を頼むとしようか。長い間調査をせずにいた地だ。恐らく凶暴な魔獣が多くいるだろうが。なに、神を殺すとまで言った君だ。まさか逃げるわけがないだろう？」

ギリアンは挑発するような笑みを浮かべる。

本来であれば、仮にも教皇国から逃亡の身であるベイルたちは目立つ行動を慎むべきだ。万が一力を使う羽目になる場所に行くことは控えるべきだろう。

いつもであれば断るはずの挑発を受けてしまったのは、彼が冷静ではなかったことの証か。

「……わかりました。勇者様の道案内をお引き受けします」

「ふっ、明日が楽しみだよ」

敬語に戻ったベイルを見てニヤリと笑みを深め、ギリアンは教会へ戻る。

その背中を見届けながら、ベイルは両手に力を込めて夜空を仰ぎ、一つ息を吐く。

「何をやってるんだ、俺は」

冷静を取り戻し、今しがたの自分の行動を悔やむ。

相手は勇者。この国のみならず世界中にその名声を轟かせている存在だ。

そんな相手に喧嘩を売るなんて、まったくどうかしている。

だけど、どうしても許せなかった。

「……神に選ばれた以上、より多くの人を救う義務がある、か」

ギリアンが口にした言葉を反芻する。

ふざけた話だ。

そんな重責を、あんなか弱い少女に押し付けていいわけがない。

神が彼女にその辛い未来を敷き、それを強いるのなら――。

ベイルは再び胸に手を当てる。

自身《そこ》に繋がる創世神の力を感じる。

「何も知らないのはお前だ、勇者。神は、そんな崇高な存在じゃない。――本当に尊い神なんて、いない」

もう何年も前の記憶を蘇らせながら、ベイルは呟く。

その声を聞く者はいない。

暗い、暗い夏の夜。

ようやく虫の鳴き声が戻ってきた教会の中庭で、ベイルは一人、随分と昔に抱いた決意を新たにしていた。

彼女を守るためならば、たとえ神であっても殺す。

その決意を。

◆

「……やはり聖女様は教会に戻られた方が」

早朝。まだ辺りが薄暗い時分にベイルとルナの二人は教会を出て、ノーティス村の広場へと向かっていた。

その道中、ベイルは隣のルナにおずおずと話しかけた。

「いいえ、私も一緒に行きます。それはベイルくんもつい先ほど納得してくれたじゃないですか」

「それはそうですけど……」

少し怒ったような口調で言われてベイルはしゅんと押し黙る。

昨夜。ギリアンと庭で話したことをルナには話していない。

だが、今日彼の南部の山脈の調査に同行することは伝えた。

それがつい先ほどのこと。

少し早めの朝食を摂りながらベイルがそのことを口にすると、ルナが「私も一緒に行きますっ」と食い気味に言ってきたのだ。

当然ベイルはそれを断ろうとしたのだが、以前ベイルが単身薬草を採取するために南部の山脈に赴き、魔獣と遭遇したことを引き合いに出されては断りきることができなかった。

ルナはベイルのことを過保護だというが、ベイルにとってすればルナの方がよほど過保護だ。

自分が魔獣程度では傷つかないことを知っているはずなのに。

とはいえ、自分のことが心配だと訴えるルナを置いてくることもできず、今こうして広場までの道を共に進んでいる。

「ギリアン様がダメだとおっしゃられたら、大人しく戻ってくださいよ」

「……わかりました」

ルナの返事に変な間があったことにベイルはため息を零す。

とはいえ、勇者一行も同行する場でルナに危険が及ぶことはないだろうと、それ以上は何も言わなかった。

◆

「ギリアン様」

広場に着くと、すでにそこには人だかりができていた。

鎧を纏った屈強な男たちや見目麗しい女性たちの中で一際輝く勇者の姿を捉えて、ベイルは朝の静謐を引き裂かない程度の落ち着いた語調で話しかける。

ベイルの声に気付いたギリアンは振り返り、同時に彼の後ろに佇むルナの姿におやと片眉を上げた。

「逃げなかったようで何より。ところで、今日招待したのは君だけだったはずだけどね」

確認、というよりは問いの意味合いの方が強いギリアンの言葉に、ベイルは半身を下げてルナを見つめながら返す。

「聖女様も同行されたいようで。無論、問題であればお戻りいただきますが」

「問題？　いやいや、むしろ歓迎しよう。君の力が必要になるかもしれないからね。どれ、今日は君が真に僕の愛人に相応しいかを見定めるとしよう」

そう言いながら、ギリアンの視線はルナではなくベイルに向いている。

挑発のつもりか、と内心で憤りながらベイルは強く睨み返した。

「……あの」

「ん？　なんだい、ルナ」

突然ルナが手をあげ、ギリアンに声をかける。

「ギリアン様は、どうして愛人をつくられるのですか？　こんなにも美しい方々がおられるのに」

そう言って、ルナは広場一帯に視線を向ける。

無骨な剣を背に掲げる男たちの中に、何人もの美女が混じっている。

何人もの美女を愛人として侍らせている、女好きの正義感と名高いギリアンの愛人であることは明らかだ。

それほど魅力的な女性に囲まれながら、それでもなお愛人を増やそうとするギリアンの考えをルナは純粋に不思議に思う。

愛する人は、生涯のうちに一人で十分なはずだから。

ルナが一瞬だけちらりとベイルを見つめるのと同時に、ギリアンは微かな笑みを零す。

「僕は強い者と美しい者が好きなのだよ。そしてそれを侍らす自分が何よりも大好きだ。だが、そのためだけに彼女たちを侍らしているのではただの装置になってしまう。ただの装置と化した女性は美しくない。そうだろう？」

突然のナルシスト発言に少し引いているベイルたちにギリアンは同意を求める。

そしてその反応を待たずして、彼は続ける。

「だから僕は彼女たちを愛し、愛されているんだよ。女性が最も輝き、美しくなる瞬間は恋をしている時だ。だから僕は、連れていきたい女性は愛人にする。最も美しい瞬間に留めておくためにもね。

彼女たちが僕を愛するのは当たり前だが、僕も彼女たちも愛してやらねばね。無論、君もだよ」

ウィンクと共にルナを勧誘するギリアン。

即座に、その間にベイルが割って入る。

「ギリアン様、ご冗談は慎んでいただきたい」

「別に冗談じゃないんだけどね。まあいいや、この話は今日の調査が終わってから改めて」

肩を竦めながら、ギリアンはひらひらと手を振って広場の人だかりの中に戻っていく。

先ほどの美女たちと談笑するギリアンを遠目から眺めながら、ルナはベイルを見上げた。

「ベイルくん、ギリアン様と何かあったんですか？」

「っ、突然どうされました？」

「いえ、なんだかお二人が親密になったような気がしたので。ギリアン様のベイルくんに対する接し方がどこか柔らかくなったような……」

「そう、ですか」

少し考えるように首を傾げてそう語るルナに、ベイルは内心舌を巻いた。

確かに彼女の言うとおり、昨日通りであればベイルがルナとの間に割って入った時点で、ギリアンは怒りを露わにしていただろう。

しかし今は、それを予想していたように軽々と引き下がった。

とはいえ――。

（……昨夜のことは、話せるわけがないよな）

互いの主義主張がぶつかり合い、一触即発の状態までいってしまったことを言えば心配されてしまう。

だから、ベイルは「気のせいですよ」と少し引き攣った笑みを浮かべてその場を濁した。

◆

「ギリアン様」

出発の直前。準備に慌ただしく広間の片隅でベイルは一人、ギリアンに話しかける。

彼の傍らにルナがいないことに、ギリアンはにやりと笑んだ。

「わざわざ一人で、一体何の用かな？」

少し離れたところでギリアン一行の面々に挨拶をして回っているルナに一瞬視線をやり、ベイルは口を開く。

「もしもの時のために、一応伝えておこうと思いまして。聖女様は体が弱く、険しい南部の山道は相当な負担になると思います」

「……わかった、配慮しよう。なんなら、手の空いている者におぶらせてもいい。彼女の怪我を癒す力は人一人分の労力を割いてあまりある」

「いえ、ギリアン様たちのお手を煩わせるわけには。彼女は俺が責任をもっておぶります」

「くく……っ」

真剣な表情で口にした言葉が少し子どもじみた内容で、ギリアンは思わず吹き出した。

同時に、鋭い眼差しを向ける。

「念のために言っておくけど、僕は君を助けない。昨日の大口がただの大言壮語ではないことを証明してくれよ？」

「……善処します」

その返答に満足げに頷くと、ギリアンは広間に響き渡る大声で出発を命じた。

◆

「はぁ、はぁ……」

ノーティス村を出発して三時間ほどが経ち、ベイルたちを含むギリアン一行は草原を抜けて南部の山脈に到達した。

山脈に立ち入り、山道を登り始めてすぐにルナの息が荒くなる。

彼女の様子を隣でしきりに窺っていたベイルが即座に声をかける。

「大丈夫ですか？」

「だ、大丈夫ですっ」

荒い息交じりにそう返されても、まったく信憑性がない。

元々体が弱かったこともあって外に出ることがあまりないルナは、こういった険しい道を歩くことはそうあることではない。

彼女がこんな道を歩いたのは、もう一年以上も前、教皇国からの逃避行が最後か。

懐からハンカチを取り出し、そっとルナの額を拭う。

「本当に無理しないでくださいね。俺でよければいつでもおぶりますから」

「……無理やりついてきたんですから、ベイルくんに迷惑をかけるわけにはいきませんっ」

一瞬返事が遅れたのは、ベイルの提案が魅力的なものだったからか。

とはいえ彼女も足手纏いになるのはいやらしく、その提案を固辞する。

変なところで強情なんだからと、ベイルは微苦笑しながらハンカチを懐に仕舞った。

「……もう少しぐらい、緊張感をもって欲しいものだね」

二人の一連の行動を、ギリアンが呆れた様子で見咎める。

見れば、ギリアンたちの周りの護衛たちも少し羨むような様子でベイルたちをチラ見している。

途端に恥ずかしくなって、ベイルとルナは慌てて「すみません」と頭を下げながら身を縮める。

ギリアンは嘆息を漏らすと、前を向いたままぽつりと呟いた。

「まったく。君たちは肝が据わっているのか、単にバカなのかわからないな。戦場にたとえるなら、ここはもう敵地だというのに」

「警戒はしています」

「だろうね」

ベイルの言葉に、ギリアンは薄く笑って即座に相槌を打つ。

次いで、「つまり君は肝が据わっているということだ」と可笑しそうに付け足した。

実際、山道を進みながらベイルは終始敵が潜んでいそうな場所側に立ち、ルナを庇うように動いている。

空を巡る風に揺れる木々のその羽音の合間に不審な物音が混じっていないかも、耳を澄ませて。

「君は、どのあたりで魔獣と遭遇したのかな？」

「もう少し先です。原っぱの手前の山道で」

「それで？　その魔獣は倒したわけだ」

「……どうでしょう」

倒したとも、倒さなかったとも答えられなかった。

自分に力があると大っぴらに言うことが躊躇われた一方で、神を殺すと啖呵を切って見せた相手に魔獣如きに遅れをとったとも言いづらくて。

「そんなことよりも、ギリアン様こそ大丈夫なんですか？　帯剣されていないですが」

鈍色の鎧に全身を包みながら、武器一つ持たないギリアンにベイルは問う。

すると、訝しむ様な眼差しでギリアンは答える。

「なんだ、君は僕の戦い方について何も知らないのか」

「はい。お噂は聞き及んでいますが」

勇者ギリアンの、具体的な力までは。

もちろん、噂程度には聞いたことはある。

それはギリアンが女好きであることも然りだが、戦い方についても少しは耳にする。

いわく、一騎当千の王。

いわく、剣神の愛し子。

いわく、聖剣の錬金術師。

いわく、――。

彼を語る異名は数あれど、その多くがおよそ剣にまつわるものであることから、ギリアンが剣に関する能力を持つ稀人であることまでは想像できる。

だが、やはりその具体的な能力の内容まではわからない。

ギリアンは答えようとして口を開けたところで何かを思いついたように噤《つぐ》み、それからいたずらっ子のような笑みを浮かべる。

「ならば、僕の力が必要なその時までは隠しておこう。百聞は一見に如《し》かずというだろう？　僕の偉大な力を知りたいならば、やはりその目で見るのが一番だ」

胸を張って誇らしげにそう話すギリアンを、ベイルは半眼で睨む。

仮にも敵地と認識しているこの場所で、己の力をひた隠すなんてリスク以外のなにものでもない。

だが、それ以上言及はしなかった。

力を隠しているのは、ベイルだって同じなのだから。

ギリアンの力におおよその予測を立てながら歩き続け――、突然ベイルはその足を止める。

ほぼ同時にギリアンも立ち止まり、ベイルの異変に気付いたルナも進みを止めた。

さらに遅れて一行もその場で武器を構える。

「……この気配」

背筋を這う悪寒。

大気がドッと重くなったような、そんな感覚。

間違いない。これは。

ベイルがそう断言すると同時に、ベイルたちの前方、一行の先頭から獣の獰猛なうめき声が湧き上がる。

「――魔獣」

即座に屈強な戦士たちが隊列を組み、現れた三体の魔獣と対峙する。

ベイルもまたルナを後ろに庇い、全身に力を漲らせる。

その横――ギリアンは、先ほどまでと同じ弛緩した様子で涼し気に現れた魔獣を見やっていた。

「ギリアン様のお力が必要な時では？」

思わず、ベイルはそう声をかけていた。

ギリアンは前を見たまま、くくっと可笑しそうに応じる。

「この程度の魔獣、僕が力を振るう価値もない。……ほら」

顎で指示した先では、すでに護衛の戦士と魔獣との戦闘が起きていた。

三体の魔獣の戦い方はいずれも以前ベイルが対敵した個体と同じく、影を操るもの。

崖や地面を操っての、その立体的な戦い方に苦戦はしているものの、流石は勇者と共に魔獣討伐の旅を行っているだけのことはあるのか。

じりじりと追い詰めている。

「君も下がっているといい。折角の彼らの練習の機会だ、奪うのは惜しいからね」

彼が浮かべた獰猛な笑みは、自分の仲間の力をどこか誇るようだ。

あるいは、彼らをここまで育てたのは自分だという自負の証。

(……仲間、か)

そういえば、と。長らく置き去りにしていた記憶がベイルの脳裏に蘇る。

神殿に仲間と呼べるような存在はいなかったけれど、強いて言うならば。

自分と同じような人生を辿ってきた、他の特級神官たち。

俗に七天神官と呼ばれる七人の特級神官の、その残る六人。

良くも悪くも個性的であった彼らは今、あの国で何をしているのだろうか。

知ったからどうということはない、湧き出た些細な疑問を脳裏で一蹴するのと時を同じくして、
現れた魔獣は護衛たちの手によって掃討された。

◆

「大丈夫ですか?」

「あ、ああ。すまない……」

険しい山道を登った先の少し開けた場所で、一行は足を止めていた。

負傷者の傍に駆け寄り、治療を施すルナの姿を捉えながらベイルは周りの負傷者たちにも視線を移す。

「――おかしい」

隣で同様に彼らを見渡していたギリアンが、神妙な面持ちで呟く。

同意を求めての発言ではないだろうが、ベイルも同じようなことを考えていたので小さく頷いた。

ここに来るまでの道中、軽く二十を超える魔獣と遭遇し、こうして彼らは疲弊している。

いかに南部の調査を怠っていた期間があったとはいえ、これほどの数の魔獣が発生するとは考えにくい。

特異な力を宿して生まれた獣――魔獣がこれほどまでに高頻度で発生することはそうそうあることではない。

何かこの山で異変が起きているのだろうか。そういった疑念を抱かせる要因が、他にもある。

この先、原っぱを抜けた更に奥。

木々が生い茂る山頂付近から不穏な気配が感じられる。

今回の魔獣の大量発生の原因がその気配であると仮定するならば、この先さらに多くの魔獣と接敵する可能性がある。

だとしたら。

ベイルは一行を厳しい眼差しで見つめる。

確かに彼らは強い。村の自警団などよりも、余程。

けれどこの程度の敵にこうも手傷を負っているようでは、この先は足手纏いにしかならない。

とはいえ、勇者一行に対して一介の牧師がそんなことを言ったところで相手にされるわけもない。

幸いなことにルナの力によってここまでの道のりで負った傷は回復している。

彼女の体力も心配ではあるが、この中の誰かが命を落とすような事態になることは防げるだろう。

「よし、君たちはここに残れ。ここから先は邪魔だ」

「――――!」

そんなことを考えていたものだから、ギリアンの歯に衣着せぬ物言いにベイルは驚いた。

相手が勇者であるとはいえ、邪魔者扱いされて憤らないわけがない。

そう思って慌てて彼らを見渡すが、意外なことに彼らは従順にギリアンに対して頷き返していた。

その表情に多少の悔しさは滲み出しているものの、ギリアンに対して怒りを抱いているものはいない。

なるほど、とベイルは納得した。

勇者であるギリアンに彼らがついていけないのはいつものことなのだろう。

だからギリアンは道中の敵との交戦には彼らの成長のことを考えて手を出していないのだ。

言い方には棘があるものの、彼の一連の言動や行動は一行を気遣ってのものか。

「なんだ?　間抜け顔をして。悪いが君にはついてきてもらうぞ」

ベイルの視線を感じて、ギリアンが挑発するような笑みと共に声をかけてくる。

曖昧な笑みを返しながら、ベイルはルナへと視線を戻した。

彼女をこの場に残していくべきか、それとも連れていくべきか。

ルナは自分の目が届くところにいてくれた方が安心できるし、守ることもできる。

しかし、この先に何がいるかもわからない場所へ連れていくよりも、この場で彼らと共に待っていてもらった方が安全なのではないか。

考えあぐねているベイルに、ギリアンはふっと笑みを零す。

「自分の心配よりも、彼女の心配か」

「……悪いですか」

「いいや、むしろ面白い。君のような人間と会うのは初めてだからね。……僕の仲間は、当たり前だが僕には遠く及ばない。だがそこいらの軟弱者どもよりも強いと思っている。彼女の体力のことも考えるなら、この場に残していった方がいいと思うけどね」

「……！」

飄々とした様子で語ったギリアンに、ベイルは思わず瞠目する。

言い方はやはり素直ではないが、つまるところ彼は「僕の仲間は強いから安心しろ」と言ってくれているのだ。

（調子が狂う……）

善人よりも悪人よりも、ギリアンのようなハッキリとしない人間の方が余程対応に困る。

とはいえ、ギリアンの申し出はありがたい。

彼の指摘通り、確かにルナの体力にも心配が残る。

共和国の勇者が育てた彼らの傍ならば、万が一のこともないだろう。

ベイルはそう決めて、ルナの下へと歩み寄った。

◆

「聖女様」

「ッ、ベイルくん！」

怪我人の治療もひと段落したらしい。

大きく息を吐き出し、額の汗を拭っていたルナはベイルの声掛けに気付くとパッと表情を明るくする。

思わずベイルも表情を緩めながら、しかしここがギリアンのいう〝敵地〟であることを心に再度刻み、緩んだ頬を引き締める。

そして、地面にペタリと座るルナの隣に腰を下ろした。

「お疲れ様です」

「いえ、無理を言ってついてきたんですから、このぐらい当然です。何もしなければ、それこそ私はお荷物ですから」

少し自嘲を含んだ笑みを浮かべながら、ルナは言う。

彼女自身、ここまでの道中何もしていなかったことに罪悪感のようなものを抱いていたのだろう。

ベイルは「そんなことは……」と返すが、これから話すことが脳裏をよぎってそれほど強い否定はできなかった。

「聖女様、少しお話が」

真剣な眼差しでそう持ち掛けてきたベイルに、ルナは居住まいを正す。

少し不安そうに瞳を揺らす彼女を真っ直ぐと見つめ、ベイルは告げた。

「聖女様は、皆さんと共にここに残ってください」

「ッ、私はベイルくんと一緒に行きます」

「……聖女様、この先に恐らく強力な力を持った魔獣が潜んでいる可能性があります。そんなところに聖女様を連れて行ってもしものことがあれば」

「それでしたら、尚のこと私もついていきますっ。ベイルくんが怪我を負っても、私がいれば心配いりません！」

「聖女様……」

少し興奮した様子で食い下がってくるルナを、ベイルは複雑な面持ちで見つめる。

彼女が自分の身を案じていること自体は心の底から嬉しい。

だが、それとこれとでは話が別だ。

体の弱い彼女は、ここまでの険しい山道で相当疲弊しているはずだ。

自分のことを心配してくれる彼女の気持ちが嬉しくてここまでの同行を許してしまったが、この先も同行を許せばルナが先に倒れてしまう。

あるいは、彼女をおぶればその問題も解決するだろうが、それでは予想外の事態が陥った時対処が遅れるかもしれない。

何が起ころうとも彼女を守り切る自信はあるが、彼女の命が関わってくる以上過信はできない。

万が一、億が一にも危険があれば、やはり彼女を置いていくのが賢明だろう。

幸いにしてこの辺りに不穏な気配はない。

彼女の力によって傷を癒し、万全の状態にある戦士たちがいれば大丈夫だ。

「俺は大丈夫です。たかが獣に後れを取らないことは、聖女様もわかっているでしょう？」

「それは、そうですけど……」

揺るぎない自信と共にそう強く言われれば、ルナに返す言葉はない。

何より、彼の言葉が真実であることはルナ自身よく知っている。

だけど、たとえそうであっても心配なことに変わりはない。

これ以上は自分の我儘であることを理解しながら、けれど湧き上がる不安にルナは表情を暗くする。

ベイルは困ったように頬を掻くと、ルナの頭の上に手を伸ばした。

「――――ッ!!」

ポンポンと優しく頭を撫でられて、ルナは一気に顔を真っ赤に染め上げる。

以前、薬草採取のために山に一人で行くことを告げた時にこうしたことを思い出してのベイルの行動だったのだが、ルナからすれば何の脈絡もないわけで。

しばし身を預けるルナだったが、頭に乗せられたベイルの手にゆっくりと手を添えると、そっぽを向きながら唇を尖らせる。

「……今度、私に付き合ってください」

「え?」

ぽつりと、か細い声で呟かれた言葉にベイルは首を傾げた。

真面目な顔で不思議そうにされて、ルナは恥ずかしそうに俯く。

「ですから、無事に調査を終えたら私に付き合ってくださいっ。その、北の山に大きな湖があるんです。そこでピクニックをしたいなって」

「あ、あぁ……」

ルナの説明を受けて、ようやく得心がいく。

つまるところ、彼女は約束がしたいのだ。

無事に戻ってくるという約束をしてくれるのであれば、自分はこの場に残ってもいいという譲歩だ。

この場に漂う緊張とは正反対の少し場違いな発言に戸惑ったベイルだったが、彼女の心境を察して考え込む。

とはいえ、答えは考えるまでもない。

「わかりました、約束です」

ベイルの返答に、ルナは表情を綻ばせる。

そんな彼女を見て、そして彼女と湖にピクニックに行く時のことを想像して、ベイルもまた頬を緩めた。

◆

「よかったんですか？」

ルナと、そして勇者一行を残してギリアンとベイルの二人は原っぱを突き進んでいた。

辺りを吹き抜ける強風に体を晒しながら、ベイルは一歩前を進むギリアンの背中に視線を送り、疑問を投げかける。

ギリアンは前を向いたまま歩みを止めずに「何がだ？」と問い返した。

「俺を連れてきて、です。皆さんを置いてきたのに」

「なんだ、そんなことか」

そこで初めてギリアンは立ち止まり、ふっと口元に笑みを刻みながら振り返る。

それに倣って足を止めるベイルを真っ直ぐに見つめる。

「認めるのは癪《しゃく》だが――君は、彼らよりも強いだろう？」

「――！」

「何を驚いている。僕の殺気に臆することなく立ち向かってこられる人間が、弱いはずがないだろう。僕はね、身の程知らずは嫌いだが、それが大言壮語でなければむしろ好ましいと思う質なんだ。だから、これは君への機会というわけだ」

「機会？」

反芻すると、ギリアンは背筋に寒気が走るような凄惨な笑みと共にニッと口角を上げた。

「ああ。君がただの身の程知らずなのか、それとも本当に神を殺せるほどの強者なのかを見定めるためのね。無論、前者であれば君に未来はない。神を冒涜した大罪をその命をもって償ってもらおう。――どうだ、面白いだろう？」

くっくっくと、心底愉快なのだろう。

愉し気な笑みと共に、ギリアンはベイルに二つの未来を提示し、その選択を強いる。

つまり、自分の期待に応えて生き延びるか、それとも失望させて殺されるか。

ベイルとしては、どちらであってもあまり望ましくない未来だ。

期待に応えれば勇者に注目されることになるし、後者は論外。

すべては自分の軽率な行動が招いたとはいえ、許されるならばあの夜に時間を巻き戻したい。

――とはいえ、手がないわけではない。

この場には自分を除けば勇者ギリアンしかいない。

もし彼に全てを見抜かれてしまうようなことがあれば、その時は彼の口を封じてしまえばいい。

それこそ、どんな手を使ってでも。

だから、ギリアンの問いかけへの答えはたった一つだ。

「期待に応えて見せます、必ず」

「それでいい。どうか、僕を失望させてくれるなよ」

どこか祈るように、切実な声色でギリアンは呟いた。

そうしてすぐに前に向き直り、また歩を進め始める。

が、すぐに何かを思い出したように右手をあげた。

「そうだ、一つ気になっていたんだが……」

「……？」

「君のその口調、気持ち悪いからやめてくれないか？」

「え？」

「だから、僕にため口で話すことを許すと言っているんだ。光栄に思いたまえよ。まあその分、僕を失望させたらどうなるか、わかっているだろうね」

ギリアンの提案、もとい命令にベイルは唖然とする。

が、すぐに微かな笑みを刻む。

「ああ、わかった。二人でいる時はそうさせてもらう」

「結構。――っと、いいタイミングだ」

満足そうに頷くと、一転、前方の草むらへと鋭い視線を向ける。

ベイルもまたそちらを見やり、即座に全身に力を漲らせる。

ガサガサと草が掻き分けられる音。

その音の発生源からは、先刻から感じている不穏な気配。

直後、それは現れた。

「グルルルラァァアァアァアアアアアッッ!!」

漆黒の体躯、理性を失った獣よりもさらに獰猛な、凶悪な咆哮。

涎を撒き散らし、赤い双眸に狂気と殺気をない交ぜにした、見るも聞くもおぞましい闇の眷属。

――魔獣だ。

しかし、現れた魔獣はこの道中で遭遇したどの個体とも違う。

本来、魔獣とは稀人と同じく特異な力を宿しただけのただの獣。

ゆえに、その見かけは他の獣と大差ない。

だがこれは、全身が黒い影に覆われていてその体の輪郭を見ることすら叶わない。

ゆらゆらと揺れる巨大な影の中、赤い二つの光がギリアンとベイルを鋭く捉える。

「……へぇ、面白そうだ」

異質な敵を前にして、ギリアンは嗤う。

そして今日初めて、勇者が戦闘態勢に入った。

「――ッ」

二人が魔獣に攻撃を仕掛けようとしたその瞬間、目の前の魔獣の背後から数十近い魔獣の群れが現れた。

それらはどれも、道中で遭遇した至って普通の魔獣ばかり。

しかし、この数はやはり異常だ。

そもそも、魔獣が群れで行動すること自体が稀である。

体勢を低くして、今にも跳び掛かろうとしてくる魔獣の群れを前に、ギリアンは呟く。

「ふむ、では君にはあの魔獣の群れを任せるとしよう。僕は……そうだな、あの異様な魔獣の相手をしておくか。異論は？　今なら逃亡を許すぞ。まあその後で僕が君を殺すけどね」

答えがわかり切っているかのように、それこそどこか嬉しそうに嗤うギリアンにベイルもまた一笑する。

それを合図に、二人は魔獣に向かって駆け出した。

◆

「うまくいったか」

原っぱを抜け、再び木々が生い茂る山の中を走りながらベイルは後ろに視線をやる。

そこには凶悪な殺意を振り撒きながらベイルを追う魔獣の群れ。

だがそこに、異質な魔獣の姿はない。

その魔獣の相手は、きっとギリアンがしているはずだ。

予定通りうまく分断できたことを確認し、ベイルはその場で立ち止まった。

突然の行動に、魔獣の群れに一瞬動揺が走る。

が、即座にベイルを取り囲むように木々の合間にその体躯を滑らせる。

流れるような一連の連携を前に、ベイルは眉をひそめる。

魔獣は目にしたものに襲い掛かる習性がある。

つまるところ、およそ理性と呼べるものが欠落しているのだ。

ゆえに、今のように連携を取りながら敵を取り囲むようなことをする個体はそういるものではない。

加えて気になるのが——。

「……またか」

ベイルを取り囲む魔獣たちが一斉に影の中へ消える。

そう。今日遭遇する魔獣のどれもが例外なく、以前相対した魔獣と同じく影を操る能力を保持しているのだ。

魔獣は稀人と同じく、その力は多様にある。

それが今のように一様であることもまた、珍しい。

こういう事例の時は大抵――。

過去、神官として魔獣と戦っていた時の経験を元に推測を立てていたベイルだったが、迫りくる魔獣の群れにその思考が打ち切られる。

地面を超速で進む影。

ベイルの足元まで到達すると同時に、そこから魔獣が飛び出てくる。

「ガルルルゥアッ!!」

魔獣の鋭い爪牙がベイルの心臓へ突きつけられる。

全方位からの容赦のない攻撃に、ベイルは足に力を籠め、その場を飛び上がった。

一瞬にして魔獣を置き去りにし、すぐ傍の木の枝に飛び移る。

ベイルの行方をほんの少しの間見失った魔獣がギョロギョロと獰猛な眼差しで周囲を見渡すその様子を見下ろす。

――突如、ベイルの纏う空気が一変する。

ノーティス村の牧師としての彼は消え、ただ冷徹な殺戮者であった彼へ。

黒い瞳は鋭く、それでいてひどく無機質な。

その異変に魔獣も気付いたのか、一斉に顔を上げる。

そして、木の枝に悠然と佇むベイルを視界に捉え、魔獣たちから終始発せられていたうなり声が鳴りを潜める。

そこにあったのは、恐れ。

本来、生物であれば誰もが持つ生存本能が発する警鐘。

魔獣が失って久しい感情だ。

「バゥガァァッッッ!!!!」

次の瞬間、魔獣たちが弾かれたように動き出す。

全身を影とし、その形状を槍としてベイルの体躯を貫かんと空へと伸ばす。

地上から迫る、数十の漆黒の槍の雨。

そこに逃げ場はない。

狂気に染まった魔獣たちの脳裏には、次の瞬間にあの恐ろしい敵が串刺しとなって地面に落ちる光景が映し出される。

ベイルもまたそのことを理解しながら、しかし落ち着いた様子で一つ息を吐くと、軽やかな動作で己の前へ右手を突き出した。

意識を内へ。

己の内側にある、力の源流の中へ埋没する。

「――聖域よ、在れ」

超常の力が、湧き上がる。

ベイルの全身を白い光が覆い、彼の右手の先へ流れ込む。

直後には、白い粒子が盾になるかのようにベイルの前方に展開された。

その壁に漆黒の槍が触れた瞬間、それは宙に溶けて消えていった。

弾くでも、粉砕するでもなく、まるで浄化されたかのように。

予想だにしなかった展開を前に、魔獣たちがたじろぐ。

神技の一つ――聖域《サンクチュアリ》。

発動者が拒んだ現象や物体の一切を排除する、絶対領域。

絶大すぎる力ゆえに制約も多いが、護りの神技では最高クラスに分類される。

それこそ、七天神官レベルでなければ発動することはできない。

影に変質した体を元に戻し、様子を窺う魔獣たち。

その体躯の至る所が欠損している。

下手に突っ込めば今度こそ文字通り消滅させられることは、身をもって理解しただろう。

ゆえに、魔獣としては非常に稀有な行動――撤退を選択する。

ベイルに背を向けて再び木々の影へと消えていこうとする魔獣の群れ。

しかし、魔獣たちが逃亡に選んだ先にはルナたちが留まっている場所がある。

そこへ逃亡を許すわけがない。

腕を横に一閃。

その腕の動きに倣って光の粒子が瞬く間に辺りの地面一帯に浸透し、この場から影を消し去る。

再び生物としての形を取らざるを得なくなった魔獣の群れを見下ろしながら、ベイルは一言。

「――じゃあな」

パチンッと指を鳴らす。

その瞬間に、音もなく地面から突き出た白光の槍の山に、魔獣たちが串刺しになる。

木々が太陽の光を遮る山の中。

地面を覆う純白の光とそこから突き出た鋭い聖槍は、ある種の幻想的な恐怖を抱かせる。

その真ん中に降り立ったベイルは串刺しとなった魔獣の群れが全滅していることを確認し、再度腕を振った。

この場から光が失われ、魔獣の死骸がどさりと音を立てて地面に落ちる。

暗い地面に魔獣の群れの鮮血が染み渡るその光景を見届けてから、ベイルは漂う腐臭に目を細め、それからギリアンのいる方を仰ぐ。

「……さて、あっちはどうなったかな」

先ほど立てた推測が正しければ、いかに勇者と言えども手こずるやもしれない。

あるいは、それ以上の最悪な展開も考えられる。

木々の合間から太陽の光が差し込む。

その時にはすでに、ベイルの姿は消えていた。

◆

「影に潜むだけが取り柄の獣風情が、群れただけで己を強者だと勘違いするなど……」

魔獣の群れを掃討し、合流をするべく来た道を引き返して山中を走り回っていたベイルがやっとのことでギリアンの姿を認めると、彼は何やら苛立たし気な表情で魔獣と対峙していた。

ギリアンの前には、彼が受け持つこととなった特殊な魔獣の他にも何体もの魔獣の姿が窺える。

しかしそれに臆することなく、右手を空に掲げた。

「――消え失せろ」

そう呟くと同時に、ギリアンの頭上にどこからともなく黄金に光る剣が幾本も現れる。

全く同じ形状の剣が、重力に逆らって空中に。

あれが、勇者ギリアンの異能。

思わずギリアンに声をかけることをやめて木々の影から眺めていたベイルは、初めて見たギリアンの能力に目を見張る。

曖昧であった黄金の剣が確かな形となって世界に定着したその瞬間、ギリアンは右腕を振り下ろした。

その腕の動きに倣って空中で待機していた黄金の剣は一斉にその牙をむいて魔獣の群れへ襲い掛かる。

光の尾を引く速さで迫る剣を避けることは叶わず、ギリアンの狙い通りに魔獣の体躯を貫いた。

断末魔を上げることすらなく赤い花を咲かせながらその場に倒れ伏す魔獣たち。

その群れを一瞥し、ふんっと満足そうに鼻を鳴らすとギリアンはベイルのいる方へ視線を移す。

「その様子だと、逃げ帰ってきたわけではないようだな」

「役割はきちんと果たしたさ」

「結構。予想していたよりも随分と早かったからな、もしかしたらと思っただけだ。――っと、まだ来るのか」

いまだ倒せていない、影を纏う異質な魔獣。

その奥からさらにわらわらと魔獣の群れが現れたのに気づいて、ギリアンは苛立たし気に舌打ちをする。

元々魔獣の群れはベイルが担当し、ギリアンは異様な魔獣のみに専念する手はずだった。

にもかかわらず想定以上に魔獣が多く出現し、その邪魔をされて苛立ちを隠せずにいるらしい。

「いくら現れたところで、雑魚が群れただけではこの僕に一瞬以上も抗うことはできないというのに。やれやれ、これだから無知な獣は。力の差を見せつけてやる必要があるらしいな！」

――とベイルは傍目から見てそう思っていたが、どうやら当人はまんざらでもないらしい。

額に手を当ててため息を零すギリアンのその姿は、余裕に満ち満ちていて、どこか乗り気だ。

が、直後目の前に広がった光景を前にその表情を歪めた。

魔獣の群れの背後で守られるようにして佇んでいた影を纏う特徴的な魔獣。

その体躯を覆う影が突然近くの草むらにゾワリと伸び、そこにいた野生の獣に纏わりつく。

うめき声を上げてその場で気が狂ったように暴れまわった獣は、しかし直後には周囲の魔獣の群れと一部と化し、ベイルたちに向けて殺気を向けてきた。

「……なるほど、異常な量の魔獣の出現はこれが原因というわけか」

ギリアンが納得したように頷く。

その横で、ベイルも同意するように首肯した。

神官として魔獣の討伐任務も行っていたベイルは、その経験も並みの戦士よりも豊富である。

通常魔獣は稀人のように先天的に、あくまで偶然に生まれる存在だが、極稀に後天的に発生することもある。

それは人為的なものであったり、今回のように魔獣の持つ能力によって普通の獣が魔獣となってしまったり。

今回は、あの影を纏う魔獣が獣を自身の配下としているらしい。

それこそが、あの魔獣の能力。

だからこそ、他の魔獣たちは皆等しく影を操る能力を持っていたのだ。

「やはり、あの魔獣を始末するのが一番の解決策らしい。……ややこしいな。ふむ、仮にあの魔獣を変異体《ボス》と呼称しよう。先程までとは変わらず僕がボスを相手にするが、いかんせん数が多い。君にはまだ働いてもらうことになるが、それで構わないな？」

「俺に選択の余地があるのか？」

「無論、ないとも」

ベイルの問いに、ギリアンは心底愉快そうにくくっと笑う。

その態度に肩を竦めながら、ベイルは魔獣の群れに鋭い視線を浴びせた。

「せいぜい、勇者様の足手纏いにならないように努めるよ。それよりも、あの影には気を付けた方がいい」

「ほう？」

「魔獣の能力は未知数だ。それこそ、あの能力の対象が人にまで及ばないとも限らない。自分の力に自信を持つのはいいが、足元をすくわれない様にしてくれよ」

「なるほど、心に留めておこう。それにしても、君は随分と魔獣について詳しいのだな」

「……人づてに聞いた話だ」

内心で動揺しながらも、ベイルはそれをおくびにも出さないで平然と取り繕う。

そんなベイルに、ギリアンは好奇の眼差しを送りながらも魔獣の群れが跳び掛かろうとしてくる気配を感じ、「まあいい」と話を区切った。

「では、行くとしようか。――殲滅だ」

黄金の剣が空に現れる。

それが魔獣の群れへと投射されると同時に、ベイルもまた地を蹴った。

◆

ギリアンの前方へ跳び出したベイルは、勢いを保ったまま流れるような動きで腰に差した剣の柄へ手を伸ばした。

ギリアンの目がある以上、あまり大っぴらに神技を使うわけにはいかない。

ここは、見かけ上は普通の人間として戦う必要がある。

幸い、ギリアンの稀人としての能力は想像以上だった。

自分が多少手を隠して立ち回っていたところで、魔獣の殲滅は容易にできるだろう。

要は、ボスさえ倒せればいい。

「――ッ」

残像の残る速さで抜き放たれた刀身は陽の光を反射してキラリと光る。

柄を握る右手に力を籠める。

一瞬、ゾワリと白い光が右手から湧き上がると、それは刀身を薄く覆いつくす。

白い光に包まれたその剣を一閃――。

跳び掛かってきた魔獣を二体、たった一太刀で斬り伏せた。

「ガゥウウァーーッ！」

両断された魔獣の死骸が血しぶきを撒き散らしながら地に落ちるよりも先に、回り込んでいた別の魔獣がベイルの背後から跳び掛かる。

それを、まるで後ろに視界があるかのように的確に半身を下げて躱すと、すれ違いざまに剣を突き刺した。

数秒にも満たない時間で三体もの魔獣を倒してみせたベイルの戦いぶりに、ギリアンは機嫌よく口笛を鳴らした。

「見事だ。では、僕も少し本気を出すとするか！」

威勢よく叫ぶと同時に、空に現れる無数の黄金の剣。

その剣先はボスに向けられている。

ボスは空を見上げると、黄金の剣をガルルルゥと威嚇する。

そして――。

「ッ、小賢しい真似を！」

憤慨するギリアンの声。

黄金の剣が投射されるや否や、ベイルに向けて敵意を向けていた魔獣の群れが一転、ボスの壁になるように剣の間に割って入った。

獣のうめき声が響く中、ボスは無傷のままギリアンたちを見据える。

戦力が削がれた今が好機と見たベイルがボスに向かって跳び掛かると、その考えを嘲笑うかのように奥の草むらから魔獣たちがさらにその姿を露わにした。

◆

「……くっ、いい加減鬱陶しい!!」

ベイルとギリアン、二人が同じ場所で戦い始めて暫くが経った。

いまだ数を減らさずボスの前に肉壁として現れる魔獣の群れに、ギリアンはついに表情を険しくして苛立たし気に吐き捨てる。

最初は現れる魔獣たちを片っ端から掃討することに悦を覚えていたギリアンも、流石に同じことの繰り返しに耐えきれなくなったらしい。

そしてそれは、ベイルも同じことだった。

ただの剣に神技を注ぎ込み、業物の一振りにまで昇華させることでギリアンに悟られることなく戦い続けていたベイルの体には所々魔獣の返り血が及んでいる。

そんな彼の顔には僅かながら焦燥の色がある。

決して、魔獣の物量に圧されているというわけではない。

剣を思いのままに生み出す能力を持つギリアンにとって、物量は大きな障害にはなり得ない。

ベイルの気がかりは別。

離れた場所で勇者の仲間たちと共に自分が戻るのを待っているルナのことだ。

勇者の仲間に守られていれば心配する必要はないだろう。

この辺りの山々で魔獣が多く出現したその原因であるボスは目の前にいるのだから。

ただ、そうはいってもこれだけ長い間ルナと離れているとどうしても戦いながら脳裏の片隅に彼女の姿がちらつく。

――だからといって心配しない理由にはなりませんよ。

以前、ルナが自分に向けて言った言葉が脳裏をよぎる。

思わずベイルは苦笑した。

(なるほど、聖女様はこんな気持ちだったのか)

自分の行動がどれだけ彼女に心配をかけているのかを今更ながらに正しく理解して、物凄い罪悪感が胸を締め付ける。

同時に、彼女がまた今まさに同じ想いを抱えて待っていてくれている事実にも気付き、一層焦燥感が募る。

まるで一軍の大将のように魔獣の群れの背後で自身だけ安全にこの戦場を眺めるボスを睨みつける。

あいつさえやれば、これ以上魔獣が増えることはない。

だが、ボスはどこから集めたのか魔獣の群れを己の肉壁としてこちらの攻撃を防いでくる。

……神技を大っぴらに使うことができれば。

背後で辺りに剣の雨を降らすギリアンをちらと見ながら、ベイルは悔し気に拳を握った。

最早、勇者ギリアンは邪魔でしかない。

彼さえいなければ、この戦いを一瞬にして終わらせることができるというのに。

自分の中を巡る、神の力。神の意識。

そこへ意識を向けそうになる自分をグッと抑える。

焦るな。ここで迂闊なことをすればルナにだって危険が及ぶ。

己を自制しながら剣を振るっていると、ギリアンが大声を張り上げた。

「今からこの辺りを吹き飛ばす！　君は下がっていろ!!」

「吹き飛ばすって……ッ」

「要は、肉壁もろとも吹き飛ばせばいいのだろう？　ならばこの僕が奥義をもってすべてを薙ぎ払ってやる!!」

「奥義……」

共和国を支える勇者ギリアンの奥義。

それがどんなものなのか、興味が湧いた。

何より、その一撃で全てが決するのならば任せてしまった方がいいだろう。

ギリアンもまた、自分のことを気遣ってその技を使わずにいたのかもしれない。

「いいか！　絶対に僕の前に出るなよ！」

「わかった。それより、その奥義とやらはどれだけの範囲を持つんだ？　聖女様が待たれている場所まで及ぶようなことはないだろうな？」

「ふんっ、無論だ。味方を傷つける奥義など、この僕が修得するわけがないだろう」

不敵な笑みを浮かべてそう言ってのけるギリアン。

勇者然としたその発言にベイルは居心地の悪さを覚えて視線を逸らした。

胸が、チクリと痛んだ。

「よし、いいなッ」

ベイルが後ろに下がったのを確認して、ギリアンが叫ぶ。

その問いにベイルは「いつでもいい」と返す。

ギリアンが、両手を空に掲げた。

途端、辺りの空気が重くなる。

勇者ギリアンから放たれる威圧。

その圧倒的な存在感を前に、さしもの魔獣たちも異変を察したらしい。

空を見上げ、そして動きを止める。

黄金の剣が、空を埋め尽くしていた。

まるで太陽が落ちてきたかのように、辺りが剣の光に照らされていく。

その光景に圧倒されるのも束の間、突如軽く数百を数える剣が中央に集っていく。

集約されたことで光を増し、ベイルは思わず目を細めた。

そして一層強い光が放たれ、それが収まるころには――空に、一振りの巨大な剣があった。

空を埋め尽くす数百の剣はすでにそこにない。

ただ一振りの、しかし地に這う存在など一撃にして殲滅しうる巨大な剣。

その大きさは、天界に住まう神々が所有するもののようで。

殺戮を具現化したような武具を前に、魔獣たちが後ずさる。

しかし、それを逃す道は最早ないと勝ち誇った笑みを浮かべて悠然と佇むギリアンの――その表情が一変した。

突然、魔獣たちの眼《まなこ》が、ギリアンとベイルの後方へ向けられる。

同時に、草むらをかき分ける音と、何者かがこちらに歩み寄ってくる足音。

「――！　ああ、よかったギリアン様！　ご無事で何よりです！」

「ッ、ガラン、なぜここに！」

現れたのは無骨な鎧を全身に纏った屈強な戦士、ギリアンの仲間の一人であるガランだった。

ガランは腰に差した剣を引き抜きながら、真剣な表情で言う。

「お帰りが遅かったので、加勢に来ました！」

「バカ者！　あの場で待機しておけと――！」

怒りを孕んだギリアンの言葉は、途中で遮られる。

ゾワリと悪寒が背筋を這い、反射的にボスの方へ視線を戻す。

すると、ボスの体躯から伸びた影が、地面を這ってガランの方へと向かっていた。

「ッ、させるか！」

慌ててギリアンが一振りの聖剣を生み出し、影に向けて放つ。

が、するりとそれを躱して尚もガランへ迫る。

「！　聖域よ――」

突破した影を見て、反射的にベイルもまた神技を発動しようとする。

が、途中で脳裏をよぎったのはギリアンと、そしてガランの視線。

結果、躊躇して発動が間に合わなかったボスの影はガランに到達し――。

「なっ⁉　なんだこれは……ッ、うぁっ、ぁぁあああああッッ‼‼」

ボスの能力を知らないガランの体に纏わりつく影。

それを振りほどこうともがくが、もう、何もかもが手遅れだった。

影がガランの鎧も剣も何もかもを覆いつくし、全身が黒に染まる。

加勢に参上したと意気揚々と、そしてどこか自身に満ちていた視線は殺意に染まり、助けるべきギリアンたちを睨みつける。

その口からは理性のない獣のようなうなり声が零れだし、彼がヒトではなくなったことを主張してくる。

「ガランッ!!」

ギリアンが、叫んだ。

初めて、焦りに満ちた声で。

「ぁぅう、うぁぁがぁ!!」

その声に呼応して、ボスの眷属と化したガランが吠える。

ガランの全身に纏わりついた影が蠢《うごめ》く。

そして、引き抜いた剣を手に一番近くにいたベイルに襲いかかる。

「――ッ」

上段から乱暴に叩きつけられたガランの剣を受け止めながら、ベイルは顔をしかめる。

ジュワァと、ガランの剣に纏わりついた影がベイルの剣に触れた傍から溶けていく。

だが、地面からガランの纏う影が槍となって突き出てきて、ベイルは後ろに飛びすさることを余儀なくされる。

着地と同時に体勢を立て直してガランを睨みつけた。

(これは、面倒なことになった……ッ)

こうなることを一番懸念していたというのに。

眷属化したガランの戦闘力は周囲の魔獣に毛が生えた程度のものだ。

それはつまり、その気になれば一瞬にして倒すことができるということだ。

だが――。

「――――」

後方に退いたことで隣合ったギリアンの顔を盗み見る。

しかし、その表情は金色の髪に遮られて伺い知ることができない。

それでも、彼の拳が強く握られていることには気づけた。

――そうだ。彼はギリアンの仲間だ。

であれば、殺すことはできない。

……もちろん、彼を救う手段はある。

しかしそれは、ギリアンの前で神技を明かすことと同義だ。

確かにガランは救うべきだ。

しかしそのために、ルナを危険に晒せるかと言えば――。

ベイルが葛藤していると、それまで黙していたギリアンが一歩前にでた。

「……下がっていろ。先ほどまでと同様に、僕の奥義で敵を一掃する」

空に展開されたままの一振りの巨大な剣を示しながら、ギリアンが呟いた。

「一掃……」

「ああ、一掃だ。それはガランとて同様だ。僕の命令を無視して勝手な行動をしたんだ、死んでも文句は言えないだろう？　何より、今はもう魔獣の眷属に成り果ててしまった。なにを優先するべきかは明白だろう？」

「……ッ」

優先。

彼は以前も、同じようなことを言った。

人が多くいる場所と、少ない場所。

どちらを優先するべきか、と。

きっと彼は今までも同じようなことがあって、そのたびに優先度という名の天秤にかけ続けてきたのだろう。

仲間を見捨てる決断をしたギリアンを責めることはできない。

彼にとって守るべきものは多くの仲間たちであって、一人の仲間ではない。

どちらを優先するべきかは、わかりきっている。

それを、冷酷だと蔑むことも、ベイルにはできない。

自分もまた、ルナとそれ以外を天秤にかけ続けてきたのだから。

ギリアンと同じように、ベイルも拳を握る。

勇者が仲間を殺すという決断をした。

だというのに、やはりベイルには彼の命を救うという決断ができなかった。

「……わかった」

絞り出すような声音でギリアンの覚悟を受け止めると、ベイルは邪魔にならないよう魔獣の群れを避けながら木々の合間へと撤退する。

そして、遠目から戦いの様子を見つめる。

その表情は、これから起こる未来を思って苦しげに歪んでいる。

ギリアンはガランの攻撃を回避しながら立ち回ると、彼をボスがいる方向へと誘導していた。

ガランと魔獣たちが同じ方向から一斉にギリアンへ跳びかかってきたその瞬間——空に浮かんだ巨大な聖剣の光が増した。

「これで、終わりだ」

苦渋の決断。

苦しそうに、戦いが終わることへの開放感も達成感も感じられない、まるで敗軍の将のような表情でギリアンが言う。

ガランの剣が、魔獣の牙が、迫る。

振り下ろされるギリアンの腕。

その動きに従って、空から黄金の剣が落ちてくる。

大気を切り裂き、迫る大剣。

その剣先には、ガランを始めとした魔獣の群れ。

ついに、大剣がガランたちを貫こうとして——、

「く——っ」

ギリアンが苦悶の声を上げる。

突然、空を飛翔していた聖剣が光の粒子となって霧散した。

「なっ⁉」

遠くでその光景を見ていたベイルは、思わず跳び出す。

しかし、時すでに遅かった。

大剣が消失し、攻撃の手立てをなくして無防備となったギリアンの腹部をガランの剣が貫く。

周囲に飛び散る鮮血。

そしてその鮮血もろとも、ボスから伸び出た影がギリアンを包み込んだ。

「ッ、はぁ――――っ！」

救出に入ろうとしたベイルの間に魔獣が割って入る。

即座に剣を構え、横薙ぎに振るう。

跳び掛かってきた勢いそのままに、両断された魔獣の体躯が背後に飛んでいくのを歯牙にもかけず、疾駆する。

だが、

「ぅぁぁあああアアアアアアアアアアッッッ‼‼」

周囲に轟くギリアンの咆哮。

それは最初、苦しみを訴えるような悲鳴であり、そして徐々に理性を失った獣のソレへと変貌していく。

「ギリアンッ！」

いつになく険しい形相でベイルが彼の名を叫ぶと同時に、膨れ上がった殺気を感じて半ば反射的に顔を傾ける。

直後、黒い何かがベイルの頬を掠めて後方の地面を抉っていった。

「――クソッ」

ルナと関わり始めてから極力使うことを控えてきた暴言を、ベイルは苛立ち交じりに吐き出す。

ちらりと後方を見ると、そこには影を纏った聖剣が地面に突き刺さっていた。

影を纏うギリアンの背後の空間が揺らぐ。

そこから現れるのは先ほどまでの黄金の輝きが消え去った、邪悪な黒いオーラを纏う魔剣の数々。

その後ろにはガランと、尚も増える魔獣の群れ。そしてボス。

ベイルは即座に周囲を見渡した。

先ほどギリアンの大剣が途中で消失した事実から、もしかしたら近くに攻撃を無力化する魔獣が潜んでいるのではと考えたのだ。

（――そんなわけがないだろ！）

湧き出た思考を即座に一蹴する。

わかりきっていることだ。

ギリアンは、――勇者は、最後の最後で躊躇してしまった。

仲間を殺すことを。

ぎらついた視線を向けてくるギリアンを、ベイルは真っ直ぐに見返す。

ガランによって貫かれた腹部から血が溢れ出している。

ギリアンと出会ってすぐに、ベイルは彼を薄情な奴だと思った。

大勢を助けるために、この辺りの調査を怠った勇者。

だが、この場で最も薄情で冷酷な者は誰かと問われれば、それはきっと――。

――ベイルくん。

なぜか、自分を呼ぶルナの声が脳裏に響いた。

いつものような笑顔を自分に向けてくる白い少女。

ベイルの中の彼女が、しかし今目の前の光景を見て悲し気に顔を伏せた。

「……ああ、そうだ」

内に宿る神の意識に目を向ける。

――何が、彼女のためだ。

自分が最も忌み嫌い、しかし手放せずにいる力の源流へと手を伸ばす。

――わかりきっていることだ。彼女ならば自分と彼ら、どちらを選ぶかを。

ベイルの全身から白い光が溢れ出す。

この場に満ちた影を吹き飛ばすように、光が周囲を淡く照らす。

その威圧に、眷属と化したギリアンまでもがたじろぎ、後ずさる。

ベイルは白い光の中で何かに耐えるような苦悩に満ちた表情のまま、僅かに笑み、右手を突き出した。

「――聖女様なら、きっとこうするよな」

◆

——思えば、彼に抱いていた感情は嫌悪でも軽蔑でもなかったのだろう。

第一印象は最悪。

悪い意味で噂通りの女好きで、夜中にルナの部屋に忍び込もうとさえしていた。

それが腹立たしかったし、いけ好かなかった。

だけど、たぶん、それ以上に憧れてもいたのだ。

ギリアンの言葉の端々から滲み出る勇者然とした決意と覚悟が、かつてそれを夢想していた幼い自分と重なって。

……それは、同族嫌悪のようで、どこか違っていた。

『味方を傷つける奥義など、この僕が修得するわけがないだろう』

奥義を使おうとした彼が口にした言葉に胸が痛んだのは、自分がギリアンと違っていたから。

もう随分と遠い昔、神官としてあらゆる犠牲を厭わずに任務を遂行していたころの記憶が脳裏を掠める。

より多くの人を救うことだけを求めて、それが正しいと信じながら、けれど仲間を見捨てることもできなくて。

そんな勇者《ギリアン》の在り方が、昔自分が憧れて終《つい》ぞなれなかったものだから。

……そう、抱いたのは嫌悪でも軽蔑でもなくて、それはきっと嫉妬だった。

黒く染まった魔剣がすぐ傍を掠める。

無尽蔵に生み出されるそれを、しかしどこか自分の冷静な部分がしっかりと捉え、的確に躱す。

無駄も隙もないその動きは体に染みついていて、無意識に最適の動きを続ける。

攻撃を躱せば躱すほど、戦えば戦うほどに神官時代の勘が戻ってくる。

力が湧き上がる。

視界に映る景色全てがひどくゆっくりとして視える。

ギリアンの魔剣を回避し続けていると、突然彼が後ろに下がった。

いつの間にかベイルの周りを取り囲んでいた魔獣の群れ。

その体躯が影となり、槍となって四方八方から襲い掛かる。

しかしそれは、ベイルの周囲を覆うように漂う白い光に触れると同時に溶けて消えた。

為す術もなくたじろぐ魔獣の群れ。

その中から、一人剣を握りしめたガランが跳び出した。

「ウァァアアガッァアアアアッッッ!!!!」

全身から絞り出すような咆哮と共に、影を纏ったガランの剣が真っ直ぐベイルへ振るわれる。

半身を下げてそれを回避すると同時に、ギリアンから放たれた幾本もの魔剣を回避すべくその場を跳躍する。

「――――!」

その落下地点には魔獣の群れが待機している。

牙を剥き出しにして待ち構える魔獣たちに向けて、ベイルは手をかざした。

「邪魔だ！」

ベイルがそう叫ぶや否や、魔獣たちの真下から白い聖槍が現れ、黒い体躯を貫く。

辛うじて回避した魔獣たちも、地に降り立ったベイルが振るった斬撃によって血しぶきを撒き散らした。

その場に頽《くずお》れる魔獣を見届けながら、ベイルは剣を横薙ぎに振るう。

刀身に纏わりついた血糊が吹き飛び、辺りの草花を赤く染める。

取り囲んでいた魔獣を一掃したベイルは、改めてボスの方を鋭く睨みつけた。

（……あれを倒せば全てが片付くが、ギリアンたちが敵にいる以上それは厳しいか）

ボスの前に立ちはだかるギリアンとガラン。そしてまだ多く残っている魔獣たち。

殺してもいいということであれば、力業で押し切ることも可能だ。

しかしそれをしては意味がない。

今求められているのは、眷属化したギリアンとガランを救った上でボスを含む魔獣の群れを殲滅すること。

うなり声を上げてこちらを威圧するギリアンを見る。

「今、助けてやる」

それが彼女の願いだから。

決意の言葉と共に、ベイルは駆け出した。

上体を低くし、立ちはだかる魔獣を斬り捨てながらギリアンに肉薄する。

距離が縮まったその瞬間、ギリアンへ向けて手をかざした。

「――聖鎖よ、束縛せよ！」

眩い光が地面を駆け抜けると、ギリアンの後方から光の鎖が現れる。

ベイルへ全意識を向けていたギリアンは対応に遅れ、その鎖に四肢を拘束された。

「ウォァアアアアアッッッ!!!!」

四肢から全身へ、鎖が纏わりつく。

その拘束から逃れようと、咆哮と共に全身を激しく動かすが、逆に鎖はその拘束を強める。

苦しみ喘ぐギリアンとの距離がほぼゼロになったその瞬間、彼に向けて伸ばしたベイルの右手へガランの剣が迫る。

「――ハアッ！」

掛け声とともに、ベイルの右手に白い光が集まる。

そして、ガランの剣を右手でそのまま掴み取った。

「ウルラァッ、ウガァアアアアッ!!」

剣を振りほどこうともがくガラン。

しかし、ベイルの右手はびくともしない。

やむなくガランは両手で握っていた剣の柄から右手を離すと、拳を作ってベイルへ殴りかかる。

轟ッと音を立てて迫る拳をベイルは左手に持つ剣で斬り落とそうとして、しかしすぐに自制する。

ガランの剣を離すと上半身を反らし、拳を躱す。

体を捻りながらその勢いを乗せて、同時に後方から襲いかかってきた魔獣を回転切りの要領で斬り伏せると、即座に後退した。

「ッ、怪我をさせてもいけないってのは、中々……ッ」

今後のことを考えると、なるべくなら怪我をさせない方がいいに決まっている。

左手を斬り落とすなどもっての他だ。

命あっての物種。

そんな甘いことを考えて自滅してしまってはそれこそ笑い話にもならないが、そうならない自信だけはある。

神技を十全に扱える今ならば、何より神官時代の勘を取り戻しつつあるこの状態であれば、どれほど難しい任務であってもこなしてみせる。

「――っと、そんなこともできるのか」

途端に重くなった空気に反応して、ベイルは空を仰ぐ。

そこには、空を覆いつくすほどの漆黒の魔剣の数々が顕現していた。

これと似た光景を、ベイルはすでに見ている。

予想通り魔剣は中央に集い、昏い光を放つ。

直後、そこには一振りの巨大な魔剣があった。

これは、ギリアンが魔獣の群れを掃討せんと発動しかけた奥義。

その威力までは見ることができなかったが、これは勇者が誇る力だ。

生半可な攻撃ではないだろう。

……あの奥義には、聖域は通用しない。

そのことを、ベイルは一目でなんとなく感じ取った。

神官の中ですでに体系化された守りの神技において最高クラスに分類される聖域《サンクチュアリ》。

それは発動者が拒んだ現象や物体の一切を排除する、絶対の護りだ。

しかし、この聖域を発動するには様々な制約がある。

その中の一つが、心の底からソレを拒まなければならないということだ。

空に浮かぶ一振りの巨大な剣は、影を纏って禍々しい光を放っているとはいえ、元はギリアンの能力だ。

ベイルは今、心のどこかでギリアンの存在を受け入れている。

だからこそ、彼の能力であるあの大剣を心の底から拒むことは、恐らくはできない。

神技という力の性質上、それは仕方のないことではある。

無論、七天神官であるベイルはそのことを理解した上で、様々な場面で適切な神技を用い、あるいは生み出してきた。

それは、今回も例外ではない。

「ギゲアァァッ‼」

――消えろ。

そう聞こえるギリアンの咆哮と共に、空に悠然と浮かんでいた漆黒の大剣が地に落ちてくる。

大気を切り裂き、星さえも貫かんと。

だが、ベイルは逃げるでもなくその大剣を見上げると、小さく息を吐き、目を閉じる。

――イメージは、固まった。

秒にも満たない時間瞑目した後、キッと鋭い視線を大剣に向ける。

想像するのはあの大剣ではない。

つい先ほど、ギリアンが発動した黄金の光を放つ大剣。

「空を覆う、数多の聖剣よ」

ベイルの周囲に漂う光が増す。

その光は彼の後方にあやふやながら、しかし一振りの剣の形を模り、それが数十、数百と現出していく。

「集えッ、集えッ、集え……ッ！」

それは暗示。

神技を扱う際に己に言い聞かせる、呪いの祝詞。

ベイルの言葉に呼応して、千に迫る数の白い剣がそれぞれゆらりと三つの箇所に集う。

激しい光を放ち、無数の剣が融合していく。

新たな神技。

その銘は――。

「――星剣よ、在れ」

星さえも貫く、超大な力を伴った神々の剣。

そこには、燦然と輝く都合三本の星剣があった。

迫りくる魔剣を睨むと、ベイルのその視線に三本の星剣の剣先が追従する。

右手を掲げる。

星剣の光がより鋭く眩いものになる。

黒い牧師服を風に揺らし、死の宣告のように右手を素早く振り下ろした。

直後、風を切る音と共にベイルの背後に待機していた三本の星剣が放たれる。

その先にはギリアンの魔剣。

すぐそこまで迫っていた魔剣とベイルの聖剣が衝突すると同時に、周囲に衝撃波が広がる。

草木がザワザワと揺れ、土埃が上がる。

空中で、光の応酬を繰り広げる四振りの大剣は、しかしすぐにその拮抗状態を崩した。

ビキビキビキと、魔剣の刀身に亀裂が走る。

その奥から黄金の輝きを覗かせて――魔剣は砕け散った。

行き場をなくした三本の星剣は、光の尾を引きながら空へと駆け上がっていく。

まだ昼の、明るい空へと昇っていく星剣。

少しして、星剣はその勢いを失うと燐光となって大空に弾け飛んだ。

キラキラと振り落ちてくる光の粒。

己が誇る奥義を粉砕されて狼狽するのは、鎖に拘束されたままのギリアン。

そんな彼の下へ、今度こそベイルが駆け寄る。

その行く手を尚も阻むガランと魔獣の群れ。

しかし、どこからともなく現れた鎖がその全てを拘束する。

「ウァッ、ァアッ!!」

獣のように声を荒らげて、迫りくるベイル《敵》から逃れようともがく。

そんなギリアンに、ベイルは右手をゆっくりと伸ばした。

「ウァアアアアアアアッッ!!!!」

突如、これまでとは比にならないほどの苦悶の声を叫ぶギリアン。

ベイルの右手には白い光が纏わりついている。

それがギリアンの体に触れるや否や、彼の体に纏わりついていた影が溶けていく。

——聖域《サンクチュアリ》の制限版。

その効果領域を極限まで引き下げることで、拒む現象や物体をより細かに指定できる。

今ベイルが拒んでいるのは、ギリアンに宿る魔獣の意識。

眷属と化し、魔獣の意識と融合してしまったギリアンにとって、それは言うなれば自我を強制的に引き裂かれるようなもの。

およそ、人が一生のうちに味わう苦痛を超えている。

声をからして叫ぶギリアンに、しかしベイルは手を緩めることはない。

辺り一帯に響き渡る絶叫を至近距離で浴びながら、それでもベイルはその顔に苦悶の色を一切見せることなく、面と向かってギリアンを見つめ返す。

徐々に、ギリアンに纏わりついていた影がその鳴りを潜める。

眼光の奥に宿る鋭い殺気は鎮まり、狂気と苦悶に歪んだ表情もまたヒトのそれへと戻っていく。

そうして、ベイルはそっとギリアンから手を離した。

直後、ギリアンは糸の切れた操り人形のようにその場に仰向けに崩れ落ちる。

「ッ、大丈夫か⁉」

何かしくじっただろうか。

失敗の二文字が脳裏をよぎり、ベイルは慌ててその場に膝をついて彼の背中に手を回し、上体を起こす。

「……ぁ」

先ほどまでとは一転して力のない瞳が、しかし確かに自分を捉えたことにひとまずベイルは安堵した。

「……？」

空気が抜ける音しか聞こえないギリアンの口が微かに動いたことに気付き、ベイルはそっと彼の顔へ耳を近づける。

するとギリアンはゆっくりと右手を上げてベイルの腕を掴んだ。

「ガランを、頼む……」

「っ、……ああッ」

力強く言い返すと、ギリアンはふっと微笑を浮かべて意識を失った。

そっと地面に寝かせて、ベイルは敵の真っただ中でありながらギリアンの顔を見つめる。

そうして、苛立たし気に大きく息を吐き出し、乱暴に立ち上がった。

周囲には、鎖に拘束されたままの魔獣の群れ。

その一部となっているガランを鋭く睨みつけると同時に、地を蹴った。

◆

「よし、こっちも無事だッ」

ギリアンと同じようにしてガランを魔獣の能力から救出したベイルは、彼に息があることを確認してほっと胸を撫でおろした。

そのままギリアンの横にそっと寝かせて、自分を取り囲む魔獣の群れへと意識を向ける。

右手をかざす。

魔獣を縛っていた光の鎖が溶けて消え、代わりに辺り一帯を光が覆う。

煌々と輝く地面。

怯む魔獣。

ベイルが右腕を横に振ると、その瞬間に光る地面から幾本もの槍が突き出て魔獣の体躯を貫く。

一瞬にして、この場を取り囲んでいた魔獣の一切が地に倒れ伏す。

その中でただの一体。

辛うじて、眷属を肉壁として光の槍を防いでいた魔獣がいた。

――ボス。

ベイルたちがそう呼称することにした、生物を眷属として操る能力を持つ魔獣。

今回の騒動の元凶を前に、ベイルは大きく息を吐き出し、ゆっくりと近づく。

それに対してボスは最早目の前の敵には勝てないと悟ったのか、ガルルルッと威嚇するのみでその場を動かない。

……いや、

「逃がさねえよ」

全身を影として地面に溶け込み、その場を離脱しようとしたボスの行動を前に、ベイルはパチンッと指を鳴らした。

ベイルを中心にドーム状に光の粒子が広がり、ベイルとそしてボスを取り囲む。

影となったボスはその光の壁にぶつかると同時に弾かれ、獣の体躯に戻ることを余儀なくされた。

光の結界によって敵の退路を断ったベイルは、ゆったりとボスへと手をかざす。

沸々と、何故か胸の内に怒りが湧き上がってくる。

しかし同時に、頭はどこか冷静で。

激情に身を委ねることのできないベイルは、自分をどこか客観的な目で見ることができた。

だから、どうして自分が今怒っているのかもまた理解していた。

その怒りの矛先は決してボスへ向けてのものではなくて、自分に対するものだ。

自分が躊躇しなければ、あそこまでギリアンを苦しめることもなかったし、何より彼らの力を借りずともこの山に潜む魔獣の一切を殲滅することは容易だった。

今回の元凶が誰かと問われれば、それはボスなどでは決してなくて——。

（……いや、それは今だから思えることだよな）

僅かに口角を上げる。

例えばあの時、ギリアンたちを見殺しにする選択を取っていたとしても、自分はたぶんそのことを後悔はしなかったはずだ。

ルナにとってどちらを選択した方がよりよいかを考えただけで。

「——！」

もう全てが片付いたかのように己の行動を振り返っていたベイルの意識が現実へ引き戻される。

退路を防がれたことで最早強行突破しかないと判断したのか、ボスが全身を影としてベイルに襲い掛かって来る。

そんなボスに、ベイルは不敵な笑みを浮かべた。

「——避けるなよ」

呟くと同時に、空から稲妻が降り注ぐ。

辺りをつんざくような轟音が包み込み、光の渦はボスを飲み込む。

ボスの悲鳴はその轟音の前にかき消され、そして遂には完全に消失する。

後に残ったクレーターのような地面の陥没を後目に、ベイルはギリアンたちの下へ向かった。

◆

突如辺りに響き渡った轟音に、ギリアンたちの帰還を待っていたルナたちは空を見上げた。

少し離れたところへと降り注ぐ稲妻に、ギリアンの仲間たちからは驚きの声が上がる。

しかしルナだけは、少し複雑そうに顔を伏せた。

ルナは、あれが天災ではないことを知っている。

……あれが、ベイルによって引き起こされたものであることを、知っている。

ベイルが神技を使うような事態に陥ったということは、何かが起こったということだ。

（ツ、ベイルくん……っ）

ギュッと服の袖を掴み、この場を動きたくなる衝動を必死に抑え込む。

自分がここで勝手な行動をしては、一層彼に迷惑がかかってしまうから。

「お、おい、ガランの奴を見なかったか？」

近くで、護衛の一人がそう叫ぶのが耳に入った。

彼の言葉に他の者も「そういや……」「さっき用を足すって」「遅くねえか」と口々に声を上げ始める。

ベイルのことが気がかりだったルナは、その話に特別の関心を抱くことはなかった。

少しして、近くからガサガサと草を踏みしめる音が聞こえ、護衛たちが即座に武器を構える。

が、そこから現れた人物を目にして全員が力を抜いた。

「ベイルくん！」

少し土に汚れてはいるが、ベイルの体に目立った怪我ないことを認めてルナは嬉しそうに声を上げながら駆け寄る。

と同時に、彼が背中に何かを背負っていることに気付いて、その顔を蒼白させた。

「聖女様、すぐに治療を」

「は、はい！」

背に背負っていたギリアンとガランをゆっくりとベイルが地面に寝かせると、慌てた様子でルナが二人のすぐ傍に駆け寄る。

ギリアンたちがボロボロの様子で意識を失っていることに気付いた護衛たちもまた、焦燥した様子を見せて駆け寄ってくる。

一体何があったのか。

その疑問を口にするよりも先に、ルナはギリアンの傷口に手を添えた。

◆

「……っ」

「お目覚めになられましたか」

小さなうめき声と共に目を開け、焦点の定まらない眼差しで天井をボーッと見つめるギリアンに、ベッドの傍らで彼の様子を見ていたベイルが身を乗り出しながら声をかけた。

虚ろなギリアンの視線が天井から動き、ベイルを捉える。

暫くの沈黙の後、視線を天井へ戻したギリアンは深く息を吐いた。

「……ここは？」

「教会の一室です」

「皆はどうなった？」

「無事ですよ。今は村長の家で休まれているところです。ガランさんもつい先ほど目覚めて、皆さんの下へ向かわれました。念のため、聖女様も同伴されています」

「そうか。無事だったか」

「ええ。ギリアン様と違って、目立った怪我をされていませんでしたから」

言いながら、ベイルはギリアンの腹部に巻かれた包帯へと視線を移した。

ルナによって治療されたとはいえ、何かの拍子に傷が開かないとも限らない。

ギリアンはそっと腹部に巻かれた包帯を指でなぞると、自嘲の笑みと共に上体をゆっくりと起こした。

「……君には、迷惑をかけたな。あれだけ大口を叩いておきながら、このざまだ。結局のところ、この僕も周りと同じくただの弱者だったというわけだ」

彼の顔には出会ってからずっと保たれていた勇者としての、強者としての自信はなかった。

なぜだか、彼にそんな顔をされるのが耐えがたかった。

「いいや、あんたに弱点はなかったよ」

牧師としての口調をやめて、ベイルは深い確信をもってそう声をかける。

事実として、ギリアンには一切の弱点がなかった。

ガランが現れなければ、彼の奥義によって魔獣は一掃されていたはずだ。

しかしギリアンはふっと笑みを小さく零すと、「いいや」と首を横に振った。

「仲間の想いをくみ取れなかったのは、僕の落ち度だ。僕は彼らにきちんと役割を与えたつもりだったし、成長を促したつもりだったが、同時に彼らに劣等感も与えてしまっていたんだろう。今回はたまたまガランが行動を起こしただけで、皆同じ思いだったはずだ。ただ、誰が動いたか、いつ動いたかが違っただけで。……つまるところ、僕は仲間を持つにはまだ若すぎたということだ」

ギリアンの独白のような言葉はまるで自分自身に言い聞かせ、そうすることで自らの過ちを受け入れようとしているようで、普段の傲岸不遜な彼とは似ても似つかないその姿にベイルは返答に窮した。

そんなことにまで責任を負っていたら、きっとこの世に何も間違いも弱点もない人間はいないはずだ。

しかし、勇者として完璧を求めるギリアンはそれを認めはしないだろう。その事実に安住することはないだろう。

「ルナのことも諦めよう。僕にはその資格がない」

「資格？」

反芻すると、ギリアンは小さく頷いた。

「僕は、彼女の力はこんな辺境の地で細々と使われるべきではないと言ったたし、その考えは今でも変わらない。より多くの人間を救うことができるのなら、そうする義務があると思っている」

ルナの力を知ったギリアンが彼女の部屋へ忍び込もうとした夜、教会の中庭で彼が語ったことだ。

何より勇者としてそういう振る舞いをしてきた彼の言葉にはある種の説得力があり、しかしそれを彼女に強制することを、または強制する運命をベイルは好《よ》しとしなかった。

「だが、その義務を放棄した僕に、今更それを他者に強制できるはずもない。……僕はあの時、大勢の仲間や君、そしてこれから先も多くの者たちを救うであろう僕の命とガラン一人の命を天秤にかけて、わかり切った答えを前にしながらそれを拒んでしまった」

「……俺はあの選択が、間違いだったとは思わない」

ガランを殺そうとして殺せなかったその選択を、勇者は悔いている。

とても人間らしい、ある意味では正しい行動だったはずだ。

ベイルの言葉にギリアンは微かな笑みと共に肩を竦めて見せる。

「どうあれ、僕は彼女の人生を背負うのには未熟すぎたということだ。今抱えている仲間の面倒も満足に見ることができない僕が、さらに仲間を増やすなんて愚者のすることだろう？……それに、気付いたことがあってね」

「気付いたこと？」

「ああ。彼女は、君と一緒に居る方が美しい」

「……ッ」

ギリアンは何もかも見透かしたようにニヤリと笑むと、「前に言っただろう。僕は美しいものが好きなんだ」と付け足した。

そのキザすぎる笑顔にベイルは言葉を詰まらせ、同時に戸惑った。

困惑するベイルをよそに、ギリアンは言葉を続ける。

「だが、君が僕と共に来るというのなら話は別だ。君ならば僕に劣等感を抱くことはないだろうし、何よりルナの面倒も君が見ることができる」

「？　それは、俺を勧誘しているということなのか」

「そのつもりだ」

そう応えるや否や、ギリアンはベッドから降りると多少ふらつきながら傍らの椅子に腰かけるベイルの下へ歩み寄る。

そして、互いの顔の距離が拳一つ分もないぐらいに接近した。

真っ直ぐにベイルの瞳を見つめ、誘惑するような甘ったるい声で囁く。

「端的に言おう。――僕は、君が欲しい。君が欲しくなった」

「ッ、理由を聞いてもいいか」

鬱陶しそうに身を反らし、ギリアンから距離を取りながらベイルは訊ねる。

「僕は美しいものと強いものが好きだ。そしてそのどちらも兼ね備えている者は大好きだ。しかし、そんな存在はこの僕を除いて一人もいないのだと、そう思い続けていた」

ギリアンは胸に手を当てて、己の美しさと強さを強調するように振舞う。

しかし直後には再びベイルを見つめ、どこか陶然とした表情で告げる。

「――だが、君がいた。君は強く、そして美しかった」

「俺なんて、美しさとは程遠い存在だろ」

「僕のいう美しさは存在としての美しさも含まれているんだよ。一人の少女を守ろうと決意し、またそう振舞う君の姿はとても、――とても、美しかった」

「…………」

椅子を引いて立ち上がると、ベイルはさらにギリアンから距離を取る。

顔は引き攣り、その眼差しは変質者を見るようだ。

後ずさるベイルだが、ギリアンはそれを逃すまいと詰め寄る。

堪らず、ベイルは苦し紛れと言った様子で絞り出すように言葉を発した。

「あんたは、俺が嫌いなんじゃないのかッ」

その問いに、ギリアンは歩みを止める。

と同時に、ふらふらと後ろへ下がってベッドに腰を下ろした。

ベイルも一つ大きく息を吐いて佇まいを正す。

「そう、そのとおりだとも。勘違いしてほしくないから言っておくが、やはり僕は君が大嫌いだ」

勇者のその言葉に、ベイルは別段驚きはしなかった。

わかっていたから。

神を信じて運命に身を委ね、強者としての義務を果たそうとしているギリアンと、辺境の地で安穏と暮らし、にもかかわらず神を嫌い、殺すとまで言い放った自分とでは相容れないことを。

ベイルもまた、勇者のことを嫌っている。

しかし、その感情の源泉は嫌悪でも軽蔑でもなくて。

ギリアンは顔を上げると、ベイルを真っ直ぐと見つめる。

「――僕は、君の生き方が羨ましかったんだ」

「ッ、あんたは、俺の生き方が嫌いなはずだろ。運命に逆らう俺の生き方が」

「いや、少し違うな。僕も昔君のように生きたいと思っていた。だから僕は君に憧れている。けれど、いやだからこそ、僕は君のことが嫌いなんだ」

俺も――とは続けなかった。

安っぽい同調の言葉を発したくなかったし、自分の弱さを見せてしまうことが憚られた。

結果、ベイルは口を閉ざす。

そんな彼に、ギリアンは半ば独白のように、自分に再度言い聞かせるように呟く。

「君のように、この人が世界の全てといえる存在が僕にもかつていた。彼女を守れるのなら、他の何を犠牲にしてもいいとね。そう、丁度君にとってのルナがそうであるように」

かつて。

そう語る彼の瞳には深い後悔の色があった。

「だけどそのころの僕は今ほどに強くなかった。賢くもなかった。……なのに、ふざけた正義感と中途半端な力だけはあった。結果は言うまでもない。僕は彼女を守れなかった」

だから、と勇者は続ける。

「今の僕は、失った彼女のためにもあの時抱いてしまった正義を貫き通さないといけない。それが僕に課せられた罰であり、運命だ。どれだけ親密な存在であろうとも、一は一。救える数が多い方を何よりも優先するべきだ。そしてその考えは正しいと思っている。……いや、正しいと思わなければ、僕は今以上に中途半端な男になってしまう」

ギリアンはそこで言葉を区切ると、深い自嘲の笑みと共に俯いた。

「だというのに、僕はあの時ガランを優先してしまった。……僕は僕のことが大好きだけど、同じぐらいに大嫌いでもあるんだ」

何があったのまではわからない。

それでもギリアンの過去の一端を知って、ベイルは理解してしまった。

彼が傲岸不遜な態度をとるのは、中途半端な自分を隠すため。自分自身すら偽るため。

彼が美しいものや強いものが好きなのは、本当はそうでない自分の存在を隠すため。周りにそういった存在があれば、自分が強く美しいのだと思えるから。

（そんな独白、聞いてどうしろっていうんだ……）

ベイルはギリアンにどう声をかけるべきかわからなくて、沈黙を保つ。

その沈黙でギリアンはベイルの困惑を察したのか、ハッとした様子で顔を上げると口角を上げる。

「すまない、つまらない話をしてしまったな。僕が君を嫌っているのは、つまりはただの嫉妬だということだ。――度量の小さい男だと、失望したか？」

「いいや、度量の小ささでは俺も負けない」

ベイルもまた、彼のような生き方に憧れていた。

憧れていたから、七天神官にまで上り詰めてしまったのだ。

「話を戻そう。どうだ、僕と一緒に来ないか」

「悪いが、俺は世界を救って回るなんてことはしないと決めているんだ」

「……そうか、それは残念だ」

そう言うと、ギリアンは近くの机に置かれた紙とペンを手繰り寄せるとそこに何やら書きだした。

少ししてペンを置いたギリアンは立ち上がると、扉の方へと向かった。

「随分と世話になってしまったな」

「もう行くのか？　まだ数日は安静にしておいた方がいいと、聖女様が言われていたが」

「ああ。――僕は、勇者だからね」

強い意志と共にそう言い切ると、ギリアンは扉のドアノブに手をかけた。

その背中に声をかけようとして、ベイルは躊躇う。

一つ、聞いておかなければいけないことがある。

あの時、眷属と化していた時のことを覚えているかどうか。

すなわち自分が神技を使った光景を見たか。

答えによっては、あるいはこのまま帰すわけにはいかない。

しかしここまでの会話でその話が出てこないということは、ただの杞憂だったのだろう。

下手に掘り下げるよりも、このまま何も言わないで置いた方がいいのかもしれない。

「ああ、そうだ」

するとギリアンはわざとらしい仕草で振り返り、先ほどの紙をベイルに手渡した。

「何か困ったことがあったらここに書いてある宿に連絡したまえ。国都に戻った時に必ず泊まっている宿だ。手紙でもなんでも僕宛に送って置けば、僕に届く。……君たちの逃亡を助けることだってできる」

「──！」

その発言に、ベイルは一気に警戒の色を増す。

だがギリアンは不敵な笑みと共にベイルの肩をポンポンと叩き、またしても耳元に顔を寄せて囁く。

「全てを投げうってでも守ると決めたのだろう。……なら、守り抜いて見せろ。それができなかった僕の分も」

手をヒラヒラと振って、ギリアンは部屋を出ていく。

その後を追うことなく、紙に書かれた文字をベイルはしばし見つめる。

そこには国都にある宿屋の名前と、そしてメッセージが残されていた。

『心配しなくても、言いふらしたりなんてしないさ。ガランにもよく言っておく。君たちの仲を引き裂くのは、美しくないからね』

そのメッセージを、普通は信じるべきではないのかもしれない。

だけどなぜだろうか。

信じたいと、思ってしまった。

「……俺って本当、詰めが甘いよな」

言葉の割には幾分か清々しい語調で呟くと、ギリアンから受け取った紙を丁寧に折りたたみ、懐に仕舞う。

そして、ルナのいる村長の家へと向かった。

その日のうちに、ギリアンたち一行はノーティス村を後にした。

◆

ノーティス村から北のはずれの山脈にある大きな湖。

その湖畔にベイルとルナの二人は腰を下ろし、湖の中で水をかけあって遊ぶ子どもたちを微笑まし気に眺めていた。

ギリアンたちが去った翌日。

ベイルはルナを置いて魔獣の討伐に向かおうとした際に彼女と交わした約束を果たしていた。

北の山の大きな湖でのピクニック。

二人がピクニックに行くことを知った村の子どもたちがついてきてしまったのは誤算だし、二人とも少し残念に思ってはいるが、賑やかなのも悪くない。

ベイルとルナの間には小さなバスケットが置かれていて、その中には少し崩れたサンドウィッチがその姿を覗かせていた。

ルナが朝早くに作ったものだ。

ベイルはそれを一切れ掴むと、口へ運ぶ。

そんな彼をルナが隣で恐る恐るといった様子で見上げる。

何度かの咀嚼の後に飲み込んだベイルは、そんなルナに微笑みかけた。

「うん。美味しいですよ、聖女様」

「ほ、本当ですかっ。よかったぁ……」

安堵と共に胸を撫でおろし、同時に嬉しそうに頬を緩める。

そして彼女もまた、サンドウィッチに手を伸ばす。

「……でもやっぱり、ベイルくんが作った方が凄く美味しいです」

「そうですか？　俺は聖女様が作ったこのサンドウィッチや以前に作ってくださったシチューの方が美味しいと思いますけどね」

自分が自分に作る食事よりも、誰かが自分のために作ってくれた料理の方が美味しい。

それは以前、ルナが作ったシチューを食べた時にも言ったことだ。

心の底から美味しそうにサンドウィッチを頬張るベイルを見つめる。

それから何を思ったのか、彼と自分との間にあるバスケットを少し脇にどけると、ベイルの方へと身を寄せた。

「聖女様？」

その行動に不思議そうに首を傾げるベイル。だが、抵抗はしない。

肩に寄りかかってくるルナを、ベイルは優しく受け止める。

食事をとる間、互いの温もりを感じながら水の音と子どもたちの笑い声、そして木々のさざめきに耳を傾ける。

バスケットの中のサンドウィッチが無くなってからも、少しの間そのままで。

無言でも、居心地の悪さを感じない。

どころか、この沈黙の時間が心地よかった。

「あの、聖女様」

もう暫くこうしていたかったけれど、彼女に話すべきことがある。

ベイルは少し力のこもった声を発した。

彼の話すことの重大さをその語気から察したルナは、寄りかかっていた体を起こすと体の向きを変えてベイルを真っ直ぐに見る。

「どうしたんですか？」

「……その、聖女様もたぶん気付かれていると思いますが、神技を使いました」

「そうですね、やっぱりあの稲妻はベイルくんの力でしたか」

ベイルの告白に別段驚いた様子もなく、ルナは頷き返した。

「結果として、ギリアン様には俺たちの正体が知られてしまいました」

「そう、ですか。……ですが、ベイルくんが何もしなかったということは問題ないと判断したということですよね？」

「わかりません。一般的に考えるなら、昨日今日会ったばかりの相手を信じるべきではないのかもしれません。ですが、俺はギリアン様に何もできませんでした。多分、俺が信じたくなっただけなんです」

それはベイルの我儘だ。

真にルナのことを考えるのなら、あの場でギリアンの口を塞ぐべきだ。

彼がいくら言いふらさないと言ってくれたのだとしても。

だけど、ベイルはギリアンに何もしたくなかった。

知らず知らずのうちに、彼のことを好意的に見ていた自分もいたのだろう。

……それでも、やはり彼のことは嫌いだが。

「すみません。俺の我儘に聖女様を巻き込んでしまって。何より、目立つ行動をとってしまって。彼らの前で神技を使えばこうなることぐらい、わかっていたのに」

それは後悔、ではなかった。

あの時の行動を後悔はしていない。

何よりルナを巻き込むような選択で、後になって悔やむ様なことを選ぶわけがない。

それでも、彼女を巻き込むことは間違いない。

ならば事の経緯を説明することは当然のことだ。

それで責められたなら、仕方のないことだ。

「謝る必要はありませんよ、ベイルくん。私はベイルくんの選択が間違いだと思いません。もしベイルくんが躊躇えば、死者が出ていたかもしれない。でも、ベイルくんのお陰で皆無事だったじゃないですか。それに――」

ルナはそっとベイルの手をとると、じっと彼の顔を見つめる。

そして再度「それに」と口にした後、頬を赤らめながら毅然《きぜん》と言い放った。

「――ベイルくんなら、何があっても私を守ってくれますから」

「――――」

ルナの全幅の信頼。

それが嬉しくないわけがない。

かつて自分が彼女に寄せたものと同じものを今自分に向けてくれていることが。

『――全てを投げうってでも守ると決めたのだろう。……なら、守り抜いて見せろ』

別れ際、ギリアンが放った言葉が脳裏に響く。

ベイルは知らず、拳を強く握った。

（……ああ、言われるまでもない）

「ふぇっ、ちょっとベイルくん⁉」

内に巡る決意と共に、ベイルはルナを抱き寄せる。

突然の行動に胸の中で戸惑いの声を発するルナに、ベイルは声を発する。

「聖女様」

「は、はいっ！」

裏返った声でルナは返事をする。

顔が真っ赤な白い少女に、ベイルは誓う。

「必ず、守ります。この先何があっても、必ず」

そう言って、抱きしめる力を強くする。

最初は戸惑っていたルナも、彼の誓いの言葉に一瞬呆然としてから笑顔を浮かべる。

そうして、小さく頷くと彼の胸に自分を預けた。

「聖女様～、牧師様～！」

「ッ！」

「～～ッ!!」

湖の方から二人を呼ぶアルマの声がして、ベイルたちは慌てて離れる。

ルナは立ちあがると、真っ赤に染まった顔を隠すように慌ててアルマのいる湖の方へと走り出した。

その背中をベイルは見届ける。

湖の中に入ったルナを見つめながら、ベイルに今しがたの自分の行いを振り返る時間が与えられてしまった。

（……って、何やってんだ俺ッッ!!）

ルナを抱きしめてしまったことに今更ながらに気付いて、頭を抱える。

そのまま辺りをゴロゴロと転がり、悶絶。

それから腕を広げて先ほどの感触を思い返そうとして、自分の頬を軽く殴った。

（忘れろ、忘れろ、忘れろ……ッ）

しかし、そう思えば思う程に記憶に鮮明に刻まれるのはルナを抱きしめた感触と、鼻腔に漂ってきた甘い香り。

それでもなんとか忘れようと見悶えしていたベイルの視界に、湖で子どもたちと水をかけあうルナの姿が飛び込んできた。

「――ッ！」

瞬間、半ば反射的にベイルは立ち上がると、ルナの方へ全速力で駆け寄る。

ルナが彼の接近に気付くと同時に、ベイルは上着を脱ぐと彼女の肩にかけた。

「ベイルくん、どうしたんですか?……ぁっ」

その行動を不思議そうにするルナだったが、上着をかけられた意味を考えてすぐにその理由に思い至り、顔を真っ赤にして胸元を掻き合わせた。

そう。水をかけあったことでルナの服が透けてしまっていたのだ。

危なかったと、ベイルは胸を撫でおろす。

この場は自分とルナ以外に子どもたちしかいないとはいえ、それでも彼女が恥ずかしい姿を衆目に晒されるのは憚られる。

一方でルナは恥ずかしそうに顔を伏せながらベイルの上着に手を添えて、嬉しそうに小さく笑った。

同時に、その場で屈んで水をすくうと、ベイルへ勢いよくかける。

「うわっ、何をするんですか聖女様！」

「ふふっ、気持ちいいですよ！」

「あー、私もやるぅ！」

「俺も俺も！」

ルナの行動に、周りの子どもたちが一斉にベイルに向けて水をかけ始めた。

顔にかかった水を拭いながら、ベイルは「やったなぁっ」と身を屈めて水をすくうと、手あたり次第に子どもたちにかけ始める。

静かな湖。

そこにベイルとルナと、そして子どもたちの笑い声が響き渡る。

「聖女様！」

子どもたちに水をかけながら、ベイルはルナを呼ぶ。

「はい！」

「俺、今凄く幸せです！」

なんの恥ずかし気もなく、ベイルは胸を張って言い放つ。

ルナは一瞬目を丸くすると、嬉しそうに笑いながらベイルに向けて水を放った。

「私もです、ベイルくん！」

エピローグ

神技という特異な力によって、大陸に一大勢力を築いているアポストロ教皇国。

その皇都の中心に聳え立つ、豪華絢爛な神殿の一室を退出した青髪の少女は、小さくため息を吐いた。

「ティア」

「っ、兄さん……！」

扉のすぐ脇の壁に寄りかかっていた赤髪の青年に声をかけられて、少女の青い瞳がびくりと揺れる。

二人とも白いマントを纏い、その手には白い手袋。

青年の方には『Ⅵ』、少女の方には『Ⅶ』の数字が黒い刺繍で刻まれている。

小柄な少女を見下ろすように、青年は鋭い眼光で睨みつける。

その眼差しに委縮する少女、ティアに青年は問う。

「ラキアはなんて？」

今しがたティアが出てきた部屋の中を顎で指示しながらの問いに、少女は躊躇いがちに口を開けた。

「ベイルと聖女候補を、連れ戻せって」

「へぇ。ここ一年悠長に構えていた癖に、今になって慌てるってことはそろそろ大きな動きでも起こす気でいるのかねぇ」

青年はくっと不気味な笑みを口元に刻むと、「それで？」と顎を上げる。

「あの野郎がどこにいるか、見当はついたってことでいいのか？」

「詳しい場所まではわかっていないみたい。けど、つい先日共和国の方でそれらしい気配を探知したって。下級神官たちが調査に向かったから、私にもそれを追うようにって」

「よりにもよって、共和国ねぇ。はっ、自分の立場も使命も忘れて女と逃げる軟弱者には相応しい逃げ場所かもな」

「……ベイルは、軟弱者なんかじゃないよ」

「あぁっ？」

ティアの呟きに、青年が青筋を立てる。

同時に、その細い首に手を伸ばした。

小柄なティアは、そのまま青年によって持ち上げられる。

「……ぅ、ぁっ」

呻き声を上げてもがき苦しむ彼女に、青年は冷たい声で訊く。

「なぁ、お前はあいつの肩を持つ気なのか？　俺よりも、あいつの」

「っ、にい、さん……っ」

「そんなわけがないよなぁ。この兄を差し置いて、あんな半端者の味方をするなんてよ」

青年の恫喝《どうかつ》に、しかし首を絞められている少女に答える術はない。

苦しそうにもがくだけのティアに飽きたのか、青年は少女を乱暴に投げ捨てる。

「まあいい、任務はきちんと全うしろよ。もしもあいつが帰還を拒んだら、その時は――わかってるな？」

始末しろ、と。

青年の鋭い視線が言外に告げてくる。

そうしてそのまま青年は立ち去った。

地面に蹲《うずくま》って咳き込んでいたティアは、少ししてふらふらと立ち上がる。

目尻に涙を浮かべて首元を押さえながら、ぽつりと呟く。

「心配いらない。……ベイルは、絶対に連れて帰る」

とある神官と聖女の逃亡譚

Seijo-sama Wo Amayakasitai!

「……こんなところか」

周りからかき集めた常緑広葉樹の落ち葉を一箇所に置いて、ベイルは満足げに呟いた。

旧首都にアポストロ教皇国を内在する神聖ジェネシス帝国。

ルナと共に神殿を逃げ出してから三度目の夜を迎え、帝国南部の国境沿いに広がる森の深部で休息をとることとなった。

逃亡初日は休みを取る余裕もなく、二日目も殆ど寝ずに動き続けていたために体が重たい。

神官として過酷な任務をこなしてきた自分でもこれなのだ。彼女はもっとつらいだろうな――と、近くの川で水浴びをしているルナのことを思う。

せめて今日はしっかり休んでもらおう。

そう思ってベイルは落ち葉をかき集めたのだ。

雑草の生える地面に小枝を敷き、その上にかき集めた落ち葉をこんもりと乗せる。

手で感触を確かめ、尖っているところがないかを確認してから、ベイルは自身が纏う白いマントを脱ぎ、その上にバサリと被せた。

特級神官としてそれなりの身分にあったベイルに与えられたマントは、それなりにしっかりとしていて、ともすれば安物のシーツに勝る程度の寝心地は得られそうだ。

ポンポンと手で叩いて整えていると、背後で草木を踏みしめる音がしてそちらを向く。

「ベイルくん、お待たせしました」

水浴びから戻った彼女は水気を含んだ白い髪を手で絞りながら近づいてきた。

ベイルは立ち上がると、柔らかく微笑む。

「いえ。それよりも大丈夫でしたか？　この暗さですから、石なんかに躓いたりなんて」

すでに陽は沈み切っている。

ルナに川での水浴びを許可したのは、森の深部であり人気が少ないことに合わせて、この暗さであれば追手にも気付かれないだろうと判断したからだ。

月明りしかない中で川の水で体を清めるしかないこの状況を申し訳なく思う。

「大丈夫ですっ。少し冷たかったですけど、スッキリしました」

「それはよかったです」

春とはいえ、夜は冷える。

早く温かいお湯に浸からせてあげたいが、少なくとも帝国を出るまでは我慢してもらうしかない。

前もって用意しておいた小さな岩にそれぞれ腰掛けると、ベイルはカバンの中を漁り、そこから干し肉を取り出してルナに差し出した。

「ありがとうございます」

ルナは笑ってそれを受け取る。

小さな干し肉が三切れ。それが今日の夕食だ。

「すみません、昨日からずっとこれで」

「ベイルくんが謝ることじゃないです。私も、自分で選んで決めたことですから。それに、もう少しの辛抱じゃないですか」

気丈に笑う彼女の笑顔に、ベイルはああ……と僅かに口角を上げた。

その笑顔に救われた。

その笑顔を守るために、自分は何もかもを投げ捨てると決めたのだ。

硬い干し肉を噛み千切りながら、ベイルは近くの川で魚でも取れたらなと思案した。

だが、すぐにその考えを消し去る。

この暗がりの中でも、魚を取ること自体は苦ではない。

神技を使えばほぼ確実に捕まえることができるだろう。

だが、神技を使えば神殿の連中にその気配を感づかれてしまう。

何より、たとえ魚を捕まえたとしてもこの森の中で火を起こせば、必ず追手に察知されてしまう。

「教皇国を抜けてからここに来るまで丸三日かかってしまいましたが、国境を突破さえすれば後はもう自由です。共和国は自由を国是としていますから、ここよりは余程動きやすいでしょう。共和国に入ったら、更に南に進んで、小さな村に身を寄せるのがいいですね」

ベイルはこの後のことを思い描きながら自分に言い聞かせるように呟いた。

その一言一句を、ルナは真剣な面持ちで、そして何より楽し気に聞いている。

共和国に入りさえすれば、教皇国や帝国もそう簡単に追ってくることはできないはずだ。

神官という自国の最大戦力に離反されたことを公言しては、神殿の威信にかかわる。

ゆえに、秘密裏に。他国に決して悟られぬよう、ひっそりと追手を世界中に差し向けてくることだろう。

この森に入るまでに、一度遠回りをして北部の方へ逃げる痕跡を残しておいた。

捜索は難航するだろう。

そしてその間に自分たちは神殿から遠く離れた地に辿り着いている――、うまくいけば。

「とりあえず、今日はもう寝ましょう。昨日は休めなかったですからね、ゆっくり休んでください」

お互い干し肉を食べきってしまったことを認めて、ベイルは先ほど作った簡易的な寝床をルナへ示しながらそう言った。

頷こうとしたルナだったが、そこに敷かれているベイルの神官服を認めて慌てて顔の前で両手をブンブンと振る。

「そんな、ベイルくんの服が汚れてしまいますっ」

「ここまでは神官としての立場を利用するために着ていましたが、明日には帝国を出るんです。むしろ着ていた方が目立ってしまいますよ。どうせ明日からは着ないんですから、ここでシーツ代わりに使ってしまった方がいいですよ」

「なら、ベイルくんが使ってください。私はベイルくんと違って戦わずに隠れていただけですから。ベイル君の方が私よりも疲れているでしょう?」

眉根を下げて、申し訳なさそうに言う。

ルナを連れて神殿を逃げ出した初日は神官たちに、そして二日目は神殿が雇った傭兵や、行き合った盗賊たちと戦う羽目になった。

その間ルナには適当なところに隠れてもらい、ベイルが敵を排除して安全を確保してから移動する——というのがこの三日間の流れだ。

「俺は慣れているというか、やっていること自体は普段と変わらないというか。聖女様こそ、色々と疲れているでしょう。肉体的にも、精神的にも」

神官として過酷な任務をこなしてきたベイルにとっては、この逃避行中に索敵に気を張り巡らし続けることも、徹夜で歩き続けることも、複数人を相手取って戦うこともそれほど大きな負担ではない。

　むしろ聖女として神殿に幽閉され続けて、こういう逃避行とは全く縁のなかったルナの負担はベイルの比ではないだろう。

　何より、国に逆らって逃げているという事実は肉体以上の負担になる。

　それでも、泣き言一つ言わずによくついてきてくれていると、ベイルは彼女の強さに驚いていた。

　当初の予定ではここまで四日はかかる予定だったが、一日早まった。

「これが、ベイルくんの日常なんですね……」

　ルナは少し悲し気に目を伏せた。

　暗がりのせいで、ベイルにはその表情を窺い知ることはできなかったが、それでも彼女の声音が沈んでいたことはわかった。

　その理由はわからなかったが、申し訳ない気分になった。

「俺の服の上で寝るのが嫌なのはわかりますが、地面に直接寝るのは意外と体力がもっていかれるんです。寝心地は保証するので……」

「い、いえっ、別にそういうわけでは！……わかりました、お言葉に甘えますね」

いそいそと、ベイルの神官服の感触を確かめるように一撫でしてから横になる。

ベイルが「寝心地はどうですか？」と尋ねると、ルナは少し恥ずかしそうに「とても気持ちいいです」と答えた。

「ベイルくんは眠らないんですか？」

横になった状態で首だけを動かして、ルナが問う。

ベイルは微笑みながら「いえ、寝ますよ」と答え、人二人分離れたところに横になった。

それを見て安心したようにルナはホッと息を吐き、それから真上へ視線を送った。

頭上には漆黒の天幕に所狭しと星が散りばめられ、瞬いている。時折吹き抜ける風が木々を揺らし、葉が揺れる音が一体に響き渡る。耳を澄ませると虫の鳴き声と、そして、二人の息遣い。

それを意識すると、なんだか顔が熱くなる。

その時、火照った顔を冷やすかのように冷たい風が森を吹き抜けた。

「ベイルくん……」

夜の森に溶け込む、優しい銀鈴の声。

ベイルはルナが見ているのと同じ夜空を見上げながら、「どうしました？」と聞き返す。

少し間があって、ルナは小さな声で呟く。

「共和国では、どんな生活が待っているんでしょう」

「……さあ、どうでしょう。自然豊かな国、ということは噂に聞いているんですが、何分共和国には行ったことがないですからね」

逃亡先を共和国に決めたのは、その国是のためか国境の警備が緩いからだ。

それ以上の理由はないし、それで十分だと思っている。

自由のない暮らしをしていた彼女にとって何よりも必要なのは自由であり、それを国是に掲げている共和国はルナにとって暮らしやすい国に違いないから。

「不安、ですか?……いえ、不安に決まっていますよね」

神殿から逃げ出そうと言って彼女の手を掴んでおきながら、具体的な未来像を持っていないことに落胆しただろうか。

果たしてルナは即座に「いいえ」と返すと、首をベイルの方へ向けた。

その気配を感じ取り、ベイルも彼女の方を見る。

ルナは疲れを微塵も感じさせない眼差しでベイルを見つめた後、満面の笑みを浮かべて言った。

「ベイルくんと一緒なら、きっとどうにかなりますよ。私、今凄くワクワクしているんですっ。共和国の片隅の小さな村で、ベイルくんと一緒に暮らすことが。今までみたいに、限られた時間しか会えないのではなくて、朝起きたらそこにいて、昼も、夜眠るときも、いつでも好きな時に話をすることができて。……そんな生活が、楽しみで」

「できますよ。共和国に行けば、必ず」

どこか陶然と語るルナの言葉に、ベイルは重ねるように強く言い切った。

それは根拠のない断言だったが、そんな暮らしができるという確信があった。否、必ずそうしてみせるという強い決意があった。

「そう、ですね……」

ベイルの覚悟を感じたのか、ルナは目をゆっくりと閉じると表情を緩める。

瞼の裏には、共和国での暮らしが浮かび上がっていた。

今しがた語ったような暮らし。今までは夢のようだった、しかし今では手を伸ばせばそこにある幸せな暮らしが。

「聖女様……？」

ふと、ベイルが声をかける。しかし返事はなく、規則正しい寝息が返ってきた。

余程疲れていたのだろう。

ベイルは上体を起こすと、幸せそうな笑みを浮かべて眠っているルナを見つめる。

それから、「よしっ」と気合を入れる声を上げて立ち上がった。

ルナには自分も寝ると言ったが、流石に見張りも立てずに眠るわけにはいかない。

今日は不寝番だ。そのことをルナに言えばきっと気を遣わせてしまうから、あえて嘘をついた。

伸びをしてからもう一度ルナを見る。

先ほど彼女が語った未来像。彼女と共に暮らす、何気ない穏やかな日常。

それを思い浮かべるだけで、疲れは吹き飛んだ。

女子会～シェリーの誘い～

Seijo-sama Wo Amayakashitai!

「おはようございます、聖女様」

「あ、おはようございます、シェリーさんっ」

夏の昼下がり。

礼拝堂にて、開け放たれた窓から入り込んでくる涼やかな風に身を委ねていたルナは、突然入口の方から声をかけられて慌てて振り返った。

そこには、栗色の長い髪を背で束ねた女性、シェリー・モートンがいた。

彼女は教会のすぐ隣の家で、夫であるチャドと二人で暮らしている。

木製の長椅子に座っていたルナは立ちあがると、シェリーの下へと向かう。

その間、シェリーは髪と同色の瞳をキョロキョロとさせていた。

「牧師様はどちらに？」

「ベイルくんなら、丁度今アドレーさんのところへ。戻ったら何か伝えておきましょうか？」

「ふふっ、いえいえ、牧師様には何の用事もないんです。ただ、聖女様と牧師様はいつも一緒に居らっしゃいますのに姿が見えないものですから、どちらにいらっしゃるんだろうと」

「そ、そんなに一緒にはいないですよっ」

シェリーが上品な笑顔と共に口にした言葉を、ルナは手を振って否定する。

が、よくよく考えてみると確かにシェリーの言う通り殆どの時間を共に過ごしている気がする。

その事実に気付き、ルナは顔を赤らめながら誤魔化すように疑問を投げた。

「ところで、今日は一体どうしたんですか？」

「あら、用事がなければ来てはいけないんですの？」

「そ、そんなことはないです！」

「ふふふっ、冗談ですよ」

シェリーにからかわれて、ルナはむぅっと唇を尖らせた。

そんな彼女を宥めるようにしながら、シェリーは「聖女様、明日の夜は空いていらっしゃいますか？」と話を切り出した。

「明日の夜ですか？　はい、特に予定は入っていませんけど……」

ギリアンが教会に滞在していた頃とは違い、今はこの教会にはルナとベイルの二人しかいない。

だから夜の予定を聞かれても、大抵ベイルと夕食を摂った後ゆっくりとお茶を飲みながら語らうぐらいしかない。

ルナにとってはその時間は凄く幸せなひと時ではあるのだが、他人からすれば予定はないも同然だろう。

しかし、どうしてシェリーが自分に夜の予定なんて訊いてきたのか。

ルナが不思議そうにしていると、シェリーは口を開いた。

「実は少し、聖女様にご相談があって。チャドと結婚してから、いえ、結婚する前からも一緒に暮らしてはいたのですけど、ともかく家では彼とずっと一緒に居るので、少し気分転換がしたいなって思っているんです。……その、別に今の生活に不満があるというわけではないんですけどね」

「は、はい……」

ますます要領を得ない彼女の言葉に、ルナは曖昧に頷く。

「それで、一晩の間、聖女様にうちに来てもらえないかなと思いまして。できればチャドはこちらへ」

「あっ、そういうことでしたか」

ようやっと、合点がいった。

つまるところ気分転換のために、一晩の間チャドとは別々に過ごしたいらしい。

そのために、チャドを教会へ、そしてルナを家に招きたいということか。

「先ほども言ったように、聖女様も牧師様と毎日ずっと一緒に居らっしゃるでしょう？　私と同じく、気分転換がしたいんじゃないないと思いまして、それでお誘いしたんです」

「気分転換、ですか？　私は別に、そういうことを思ったことはないですけど……」

シェリーの言っていることが理解できないといった様子で、ルナは小首を傾げた。

そんな彼女の姿に、シェリーは密かに肩を竦める。

どれだけ親しくても、どれだけ愛していても、結局のところは他人だ。

しかも異性。

プライベート空間となるはずの家の中で四六時中共に居続けることに疲れを覚えるのは当然のことだ。

しかし、その当然の感覚を抱いたことがないと返されてしまっては二の句が継げない。

きっとベイルとルナの間では他人とか異性とか、そういうものを忘れてしまう程の関係性が築かれているのだろう。

だからこそ、二人の関係が中々発展しないというのもあるのだろうが……。

「ごめんなさい、不躾なことを。では他の方を当たってみることにしますね」

シェリーは残念そうにそう告げる。

気分転換のために誘っているのに、相手にその必要がない以上迷惑でしかないだろう。

そう判断しての言葉だったが、ルナは顔の前で両手をヒラヒラと振った。

「あ、いえっ、その、ベイルくんと暮らしていてそういうことを感じたことがないというだけで、その……」

「……？」

言葉を詰まらせるルナに、今度はシェリーが首を傾げる。

やがて意を決したようにルナは口を開いた。

「私、女子会というものに興味があったんです！」

「じょ、女子会ですか……？」

「はい！　女性同士でお泊り会をすることを、女子会というんですよね！」

少し興奮した様子でルナが詰め寄る。

確かに彼女の言うように、今回のこれは女子会と言っても差し支えないのかもしれない。

そんな風に納得しているシェリーをよそに、ルナはまくし立てる。

「以前、女子会というものについて耳にしたことがあったんですっ。知人の家に泊まって、一緒に食事をとったり、夜には寝ながら色々なことを話したり。そういうのをやってみたいなあって思っていたんですけど、実は私、この村に来るまでベイルくん以外に親しい人がいなかったので……」

「そうだったんですか？」

突然のルナの悲しい告白に、シェリーは驚いた。

ルナの容姿はよく整っていて、その上とても穏やかな性格の少女だ。

異性はもちろんのこと、同性にも好かれるだろう。

現に、このノーティス村では老若男女問わず慕われている。

そんな彼女に親しい人間がいなかったというのが、とても意外だった。

「なので、そういうものにずっと憧れていたんです」

「……そうでしたか。では明日の夜、そういうものをやってみますか？」

「はい！」

少しおどけた調子で誘いをかけたシェリーに、ルナは勢いよく返事をする。

が、すぐに何かに気付いたように申し訳なさそうに口元を押さえた。

「ごめんなさい。私は大丈夫ですけど、ベイルくんの都合を訊いてみないと……」

「そうですね。チャドのことも併せて、確認していただけますか？」

「もちろんです！　今日の夜にでも訊いてみますっ。断られないといいんですけど」

「ふふっ、牧師様のことですから大丈夫だと思いますよ？」

「そうですか？」

根拠のなさそうに見えるシェリーの言葉に、ルナは首を傾げる。

だが、シェリーにはルナがやりたいと思うことをベイルが断るわけがないという確信があった。

意味ありげな笑みを浮かべるシェリーに、ルナは一層疑問の色を濃くする。

そんなルナをよそに、シェリーは「では、失礼しますね」と頭を下げて礼拝堂を去っていった。

◆

「どうしたんですか、聖女様。今日はなんだか様子が変ですが」

「そ、そうですか……？」

その日の夜。

夕食を終えていつもの団欒の時間に移って早々に、ベイルはティーカップを片手にそう言い放った。

図星を指されたルナは誤魔化しながらも声を上擦らせた。

「そうですよ。俺がアドレーさんのところに出かけている間に何かありましたか？　帰ってからずっとソワソワしていますが」

「そこまで見抜かれていると、少し悔しいです……」

完璧に見抜かれていたことに唇を尖らせながら、ルナはティーカップをおずおずと両手で持った。

「実は、ベイルくんにお願いというか、相談が」

「聖女様が俺にですか？　珍しいですね、なんです？」

「その、お昼ごろシェリーさんがいらっしゃって――」

振り返るように、先刻のシェリーとのやり取りの内容を話す。

家に招待されたこと。

そして、その間チャドを教会に泊めて欲しいこと。

その二点を話し終えると、ルナは一度口を閉じた。

「つまり聖女様は、シェリーさんの家に泊まりに行きたいということですか」

「はい。ベイルくんにとっては迷惑かもしれませんけど、私、こういうことをしたことがなかったので、楽しそうだなぁって」

心底申し訳なさそうに、しかし楽し気に話すルナにベイルは微笑みかけながら、「そんなことないですよ」と優しい声音で返す。

親しい人間と色々な遊びを経験するであろう年頃の時に神殿によって幽閉されていた彼女には、そんな彼女が、普段は口に出さないがそういうものに憧れていることをベイルは知っている。

時折、村の子どもたちが楽しそうに遊んでいるのを、羨ましそうな眼差しで見つめていたから。

同年代の友達と遊ぶという経験がない。

その願いを叶えることができるのなら、ベイルはそれを阻む気はない。

むしろそれでルナが喜んでくれるのなら、それがベイルにとって何よりの幸せだ。

それに、チャドが教会に泊まりに来ること自体も迷惑ではない。

ただ、一つ心配なこともある。

それはルナの体調だ。

体の弱い彼女が他人の家に泊まっても大丈夫なのだろうかと、心配性なベイルは不安に思った。

（でもまあ、シェリーさんなら大丈夫か）

チャドが顔を合わせるたびに口にする彼女の自慢話。

料理ができて掃除もできて洗濯もできて、何より優しい。

最後の点に関してはルナも一緒だが、ともかくシェリーであれば安心して任せることができるだろう。

そう結論付けると、一言言葉を発したまま黙ってしまったベイルを不安そうに見つめてくるルナに頷いた。

「わかりました、明日の夜ですね。チャドさんのことなら任せてください。別に迷惑でも面倒でもありませんから。それに、たまにはこういうのも悪くないですからね」

「――――！　ありがとうございますっ！」

パッと表情を明るくして勢いよく頭を下げる。

大袈裟なその動きに苦笑しながら、ベイルは「楽しんできてください」と言葉をかけた。

◆

「ごめんなさい、散らかっていて」

次の日。いつもであればベイルと共に夕食をとっている時分、ルナはチャドと入れ替わりでシェリーの家を訪れた。

村の巡回の時にそれぞれの家の玄関先に入ったことぐらいはあるが、こうして中にまで入った家は数えられるほどだ。

優雅な物腰で出迎えてくれたシェリーに連れられ、ルナはリビングへと通される。

促されるままに少し硬めのソファに腰を落ち着けたルナに、シェリーはティーカップとポットを載せたトレーを運びながら気恥ずかしそうに声をかけた。

ルナは笑いながら首と手を振る。

辺りを見ても掃除は行き届いていて、よく整頓されている。

対面のソファに腰掛けて、ポットの中の紅茶をカップへ注ぎながら、シェリーはほっとした様子で笑みを浮かべた。

「あの、実は私こういう催しに関しては聞きかじった知識しかないので、具体的にどういうことをするのか知らないんですけど……」

ティーカップを受け取りながら、ルナはおずおずと話しかけた。

昨日は今日の催し、女子会について積極的な姿勢をみせた手前、だというのにそれについて細かなことを知らないと告白するのは躊躇われたのだ。

シェリーは笑いながら「そんなに身構えるほどのことじゃないですよ」とカップを口元へと運び、紅茶を一口含む。

「聖女様が昨日おっしゃられていたことですよ。一緒に食事をして、気ままにくつろぎながら、夜には寝床で語らう。そういう催しです。がっかりしましたか？」

「い、いえ！」

頭をブンブンと振って否定する。

女子会、というものが想定した通りのもので、ルナは密かにホッとした。

しかし同時に不安そうな表情でシェリーを見る。

「お話をするのはとても楽しいことだとは思うんですけど、私は基本的に教会にずっといるので、特に話題になるようなことがないんです……」

「それでしたら心配いりませんわ。今日話すことは、実はもう考えてあるんです」

悪戯気な笑みを浮かべて、シェリーはそう言った。

それから、少し申し訳なさそうに眉を寄せると、再び紅茶を口に含んだ。

「それは、どういう……？」

不思議そうに首を傾げたルナに対して、シェリーは笑んだままだ。

しかし、やがて観念したようにティーカップをソーサーの上に置くと、僅かに身を乗り出した。

「告白しますけど、私聖女様に一つ嘘を吐いたんです」

「シェリーさんが私に、嘘を……？」

一体どんな嘘を吐かれたのだろうと彼女との会話を思い返すルナであったが、特に心当たりがない。

最近の会話でいえば、丁度今日のこのお泊り会に誘ってきたときのことだが、そこにだって嘘を吐くような要素はなかったはずだ。

ルナは小さくため息を吐くと、「降参です」と肩を竦めた。

「今日聖女様を誘った理由が、気分転換というのが嘘です」

「えっと、つまりどういうことですか？」

「聖女様を誘った理由は、他にあるということですよ。もちろん、気分転換も理由の一つではありますけれど、それはあくまでも副次的なもの。本当は、聖女様に断られたら誰も誘わないつもりでした」

「それなら、どうして私を？　というよりも、今日の話題となんの関係があるんですか？」

シェリーの口振りからして、ルナを誘う理由が気分転換であると嘘を吐いたことと、今日のこの時間に語らうつもりでいた話題とは関連性があるらしい。

しかしルナの中ではこの二つの要素がどうにも結びつかない。

何よりも、気分転換でないのだとして自分を誘う理由がわからなかった。

シェリーのことだ、一年ほど前に移住してきたばかりの自分などよりも親しい人間など、この村には多くいるはずだろうに。

ルナの問いに、シェリーはそれまでのどこかおどけていた調子を一転、真摯な眼差しを向けた。

「聖女様。私たちは、聖女様と牧師様に本当に感謝しているんです。お二人がいなければ、今の私たちはありません。チャドから聞きました。プロポーズすることを決心できたのはお二人のお陰だと」

「私たちは何もしていません。お二人の愛があればこそですっ」

確かにベイルはチャドからプロポーズに関しての相談を受けてはいたが、その時すでにチャドはプロポーズをする決心をしていた。

感謝されるような程のことはしていないと、ルナは首を横に振る。

だが、ルナの少し恥ずかしい否定の言葉を受けても赤面することなく、シェリーは一層強い否定を視線で訴えた。

「聖女様ならそうおっしゃられるとは思っていましたけれど、くどいようですが、私たちはお二人に本当に感謝しているんです。ですからどうか、ありがとうと言わせてください」

「……お手伝いできてよかったです」

するとシェリーの言葉に、ルナは少しの間を置いてから優しく微笑んだ。

すると、シェリーは安堵した様子を見せてから話を進める。

「それで、私たちもお二人に何か恩返しができればなと思ったんです。押しつけがましいかもしれませんけれど」

「そんな、いいですよっ。私たちの方こそ、いつもよくしてもらっていますし」

モートン夫妻には、よく卵を分けてもらったりしている。

ルナの言葉は、謙遜でもなく純然たる事実だ。

シェリーはその言葉を予期していたように小さく笑むと、「ですから、今日聖女様をお誘いしたのはその恩返しをするためなんです」と少し強引にそう切り出した。

「お二人が私たちにしてくださったことと同じことを、私にもさせていただけたらなぁと。お節介かもしれませんけれど。その一環として、今日この場を設けたわけなんです」

「お気持ちは嬉しいんですけど、同じことというのは？　私たちがお二人にしたことと言えば、チヤドさんの相談を受けたりしただけで……」

「はい。ですから、私も聖女様の相談に乗れたらなと。それが今日話すこと……というよりも、私が聖女様と話したいことです」

「話はなんとなくわかりました。……でも、私にはこれといって悩んでいることはないですし。強いて言えば、料理に関してということぐらいで」

もちろんルナにもきちんとした悩みぐらいはある。

悩み、というよりも心配事なのだが。

しかしその悩みを、完全に部外者であるシェリーに吐露するわけにはいかない。

考えた結果、やはりシェリーに話せるような悩み事はなかった。

だが、シェリーは妖艶な笑みを浮かべて「本当にそうですか？」と首を傾げてみせる。

一瞬、教皇国絡みのいざこざを見透かされているのかとルナはびくりと肩を震わせたが、彼女の口から次に発せられた言葉にほっと胸を撫でおろす。

「気になる殿方との恋の悩み、微力ながら力をお貸しできるかもしれませんよ？」

「ど、どうしてそこでベイルくんのことが出てくるんですかっ」

「あら、私は一度も牧師様の名前なんて出していませんよ？」

「〜〜〜〜ッ、……シェリーさんがそんな意地悪なことを言うなんて思っていませんでした」

シェリーの指摘に赤面しながら、ルナは抗議の眼差しを送る。

ルナが抱いていたシェリーのイメージが、今こうして話している間に少しずつ崩れていっている。

いじけた様子で唇を尖らせたルナに、シェリーは今まで見たことのなかった表情で微笑んだ。

◆

「お風呂、ありがとうございました」

上気した頬で濡れた髪を拭きながらシェリーの自室の扉を開けたルナは、穏やかな声色で部屋の主に声をかけた。

リビングでの一幕の後、二人は夕食をとってから順々に風呂に入ることとなった。

シェリーに「一緒に入りません？」と誘われたが、ルナは羞恥の方が強くてその提案を固辞した。

「どうでしたか？　お湯加減の方は」

「気持ちよかったですっ」

シェリーの問いかけに応えながら、ルナはそっと部屋の中へと入る。

先に風呂に入っていたシェリーはルナと同様パジャマに着替えていた。

室内は簡素な造りで、備え付けの小さな机の上には途中で放置されている編み物が置かれている。

「少し狭いかもしれませんけれど」

申し訳なさそうにしながら、ベッドに腰掛けていたシェリーが隣をポンポンと叩いてルナを招き入れる。

本来二人が寝ることを想定されていないベッドなために、相当窮屈だ。

とはいえ、女性であれば二人寝られないほどのものでもない。

ルナは嬉しそうに微笑みながら、シェリーの隣にそっと腰を下ろした。

「私、誰かと一緒に寝るのなんて久しぶりです」

「あら。久しぶり、ですか？　以前にもどなたかと似たようなご経験が？」

お泊り会は初めてだと言っていたルナの言葉に引っかかりを覚えたシェリーが尋ねる。

ルナ自身ごく自然に口にした言葉であったが、彼女の問いで以前に誰かと一緒に寝たときのことを鮮明に思い出した。

雨期に入ったノーティス村のある日の夜。

降りしきる雨に混じって辺りに響く雷鳴で眠れなかったルナは、ベイルの部屋に押しかけて一緒のベッドで眠った。

その時のことを思い出して、元々火照っていた顔が一層熱くなる。

「聖女様……?」

「ひゃ、ひゃい!」

声をかけられて、ビクッと体を跳ねさせた。

ルナのその反応でシェリーは全てを察し、くすりと笑いかけた。

「もしかして、そのお相手というのは牧師様のことですか?」

「…………はい」

長い沈黙の後、恥じらいながらルナはこくりと小さく頷いた。

「まさか、聖女様と牧師様が一緒に寝られているとは思っていませんでした」

「ふ、普段は別々ですよ!　ただあの日は、雷が……っ」

「聖女様は、雷が苦手でいらっしゃるのですね」

「べ、別に苦手なんかじゃありませんよ!　あの時は、ベイルくんが怖いって……っ」

雷に怯えながらも素直になれないルナのことを気遣ってのベイルの発言であったのだが、記憶の一部分だけを取り出してそう主張する。

とはいえ、シェリーからすればその時のベイルとルナのやり取りがありありと想像できる。

微笑ましく思いながらその光景を瞼の裏に映し出していると、今度はルナが反撃に出た。

「そ、そういうシェリーさんはどうなんですかっ。チャ、チャドさんと……！」

「私たちですか？　そうですね、私たちは夫婦ですから、もちろん……」

意地の悪い笑みと共に意地悪なシェリーの発言を聞いて、ルナは両手を顔に当てて悶える。

些細なことで顔を真っ赤にしたルナに悪戯心を刺激されたシェリーは更に追撃をかける。

「詳しく聞きたいですか？」

「い、いいですっ」

半ば反射的に断りながら、赤くなった顔を隠すべく顔を背ける。

そんなルナに対してもシェリーはくすくすと笑いながら、思い出したように口を開いた。

「夫婦といえば、私たちが結婚する時は牧師様たちに式を執り行っていただきましたけれど、聖女様たちがご結婚される時は誰が式を執り行うのでしょう」

「け、結婚って……、ベイルくんとはまだそういう関係では」

「まだということは、やっぱり聖女様にはその気がおありなのですね？」

「～～～～ッ！！　こ、言葉の綾《あや》ですっ！」

言葉尻を捉えてのシェリーの発言に思わず頬を膨らませる。

抗議の声を上げながら、ルナは必死に反撃の糸口を模索する。

だが、どうあがいてもシェリーに敵うビジョンが浮かばない。

そうこうしているうちに、シェリーが体をこちらに向けながら疑問の声をかけてくる。

「でも、聖女様はゆくゆくはそうなりたいと思われているのでは？　折角同棲までされているんですし、後は聖女様が一歩踏み出せば時間の問題だと思いますけれど」

「別に私たちはそういう関係ではありませんから。……たまたま、一緒に暮らしているだけですよ」

そう語るルナの語気は尻すぼみになる。

少し寂しそうに、悲しそうに話すルナの心境を察して、シェリーは努めて明るい声を出した。

「聖女様と話されている牧師様は、とても楽しそうに見せますよ」

「それは、ベイルくんが優しいんですよ。……そう、誰にでも優しいだけなんです」

神殿で自分に救いの手を差し伸べてくれたのは、彼が優しかったから。

今もこうして自分と共に過ごしてくれているのも、彼が優しいから。

その優しさに、そして強さに心を奪われてしまったのはもう随分と前の話だ。

けれど、その時から自分たちの関係は何一つ変わっていない。

……否、変わることを恐れているのだ。

彼が自分に向けてくれる笑顔も優しさも、自分だけのものではない。

優しい彼は、きっとその全てを他の人にも向けるはずだ。

だから、愚かな勘違いなどしない。

それを虚しいとは思わない。

それ以上を求めるのは贅沢が過ぎるというものだ。

彼と一緒に過ごせる今の生活で十分に満たされている。

これ以上のものを望んで、この小さな幸せさえも失われてしまうことが何よりも恐ろしい。

図らずも悪い方向に考えが回ってしまったせいで、二人の間での会話が途切れる。

お互いの呼吸音だけが室内に響いてから少しして、場の空気を悪くしてしまったことに気付いたルナが慌てて口を開いた。

「そういえば気になっていたことなんですけど、お二人はどういう経緯でお付き合いすることになったんですか？」

「今後の参考に、ですか？」

「べ、別にそういうわけでは……」

否定しながらも、図星を指されたルナの語気は弱い。

関係を進展させることは怖いが、それでも先達の知恵は授かっておきたい。

何より、年頃の少女としてそういうものに興味もあった。

シェリーは「そうですね……」と呟きながら天井の木目を眺め、昔のことを思い起こす。

「私たちは元々幼馴染で……、ほら、この村は子どもが少ないでしょう？　ですから、私たちはいつも一緒に遊んでいたんです。それはもう、物心つく前から」

確かにと、ルナはアルマたちの姿を思い出した。

きっと、チャドとシェリーもあの三人組のような子ども時代を送ったのだろう。

「毎日どこへ行くにしても、何をするにしても一緒にいて……、気付いたときにはすでにって感じです。ありがちでしょう？」

「こ、告白はどちらから……？」

いつの間にかベッドの上で正座をしてシェリーの方へ体を向けながら、ルナは前のめりの体勢でキラキラとした眼差しを送る。

対してシェリーは流石に少し照れたように頬を赤らめながら、躊躇いがちに口を開いた。

「チャドの方からですよ。たった一言、付き合ってくれって、それだけです。でも、あの人は奥手なところがありましたから、私からも色々としたんですよ」

「聞きたいです！」

「……たとえば、身の回りで付き合いだした人のことを話題にしたり、私は裁縫が得意だったので何か作って渡したり、家に呼んでご飯をご馳走したり。ともかく、色々な方法でアピールしたんです。にもかかわらず告白は自分からはしないで。……悪い女でしょう？」

「そ、そんなことないですっ。凄いと思います！」

自分だったらそんなこと、したくでもできない。

ルナは尊敬の念をシェリーに送った。

「聖女様も、色々とアピールしてみるのはどうでしょうか。牧師様は結構鈍感なところがおありですから、聖女様の気持ちに気付いたら色々と変わると思いますよ？」

「私の気持ちって、別にそんな……」

「今更隠さなくてもいいじゃないですか。私も恥ずかしかったんですから」

シェリーの主張に、ルナは「それはそうですけど……」と口ごもる。

それから少しの間を置いて、恐る恐る尋ねた。

「……でも、ひかれたりしないですか？　ベイルくんに嫌われたりするかも」

ルナにとって、何よりも恐ろしいのはそこだ。

自分が変なことをして、それでベイルに嫌われてしまっては元も子もない。

だが、ルナのその問いをシェリーは笑って否定する。

「そんなことないですよ。聖女様に言い寄られて嫌がる殿方がいらっしゃるわけありませんもの」

実際に、村の男の何人かはルナに好意を寄せている者もいる。

とはいえ、彼女がベイルのことを好いているであろうことは既に周知の事実なので、無謀な挑戦をする者はいないが。

シェリーの返答にルナは「そ、そうですか……？」と若干疑いながらも、何かを考えこむしぐさを見せる。

それにしても、と。

自分の隣で神妙な面持ちで考え込むルナを見ながら、シェリーは思った。

牧師様にしても、聖女様にしても、どちらも鈍感すぎやしないだろうか、と。

男子会～チャドの誘惑～

Seijo-sama Wo Amayakasitai!

「やあ、ベイル。今日は面倒をかけるね」

モートン家にお泊り会へ向かったルナと入れ違いにして、チャドが教会に現れた。

女子会の邪魔だということで、チャドは教会で一夜を明かすことになっている。

現れたチャドに、礼拝堂で椅子を拭いていたベイルが顔を上げた。

「こんばんは、チャドさん。迷惑だなんて、そんな。聖女様も喜んでおられましたし」

雑巾を畳みながらチャドの下に歩み寄る。

と同時に、彼が両手に抱えている小さな布袋に気付く。

「何ですか、それ」

「ああ、これか。折角男二人で夜を過ごすんだ、飲むだろ？」

ニヤリと笑みを刻みながら、チャドは布袋の中をカチャカチャと漁る。

中から取り出したのは琥珀色の液体が入った小瓶だ。

ベイルは小さくため息を吐いた。

「お酒、ですか」

「なんだ、苦手なのか？」

「いえ。ただ、随分と長い間口にしていないので、あまり飲めないと思いますよ」

「いいって、いいって。どうせダラダラと話したりするのがメインなんだからな、ベイルは付き合ってくれたらいいいよ。……ここだけの話な、シェリーの奴に酒を制限されてるんだよ」

「なるほど、俺はまんまと酒を飲む口実に利用されたというわけですか」

半眼で睨みつけると、チャドは「まあそういうなよ」と小瓶を布袋に仕舞う。

「さて、じゃあ飲むか」

「今からですか？」

「なんだ、もう結構暗いんだから酒を飲んでも変な時間ではないだろ？」

「夕食がまだですし、風呂にも入っていませんから」

夕食を食べてから風呂に入る予定だったベイルは、掃除で汚れた手を広げてみせる。

「じゃあ入ってこいよ。俺は仕事上がりに家で入ってきたから大丈夫だしよ」

「そう言われても……、はあ、わかりましたよ。くれぐれも変なことはしないでくださいよ」

「しない、しない」

チャドの勢いの圧されるがままに、ベイルは一人風呂場へと向かった。

◆

ベイルが風呂から戻ると、食堂のテーブルの上には何本もの酒の入った小瓶が並べられていた。

ベイルの気配に気付いたチャドは、イスに座ったまま右手を上げた。

用意周到なその姿に呆れながら近くに歩み寄る。

「随分とたくさん持ってきましたね」

「そうかな。普通だと思うけど」

「十分多いですよ。チャドさんは結構飲むんですか？」

「まあ、ね。仕事柄どうしてもそういう場が多くなる。だからかな、いつの間にか人一倍飲むようになった」

「くれぐれも飲み過ぎないでくださいよ」

「シェリーと同じことを言うんじゃない」

チャドは思わず苦笑すると、「ほら、早速やらないか?」と酒を勧める。

ベイルが戻るまでの間一滴たりとも飲まずに待っていたチャドの忍耐は限界に達していた。

それを察したベイルは「いいですよ」と返しながら、氷を入れたグラスを両手にチャドの対面のイスに腰を下ろした。

と同時に、チャドは小瓶を開けると琥珀色の液体をグラスに注いでいく。

二つのグラスに注ぎ終えると、互いにそれを掲げてチンッと鳴らした。

チャドが待ち侘びたといった様子で一気に喉に流し込むのを尻目に、ベイルは舌先を湿らせる程度に口に含んだ。

「……ん、美味しいですね」

「お、わかるかい? 今日は結構いいのを持ってきたんだよ」

「よかったんですか、お高いんじゃあ」

「いいのいいの、どうせうちにあってもシェリーはあまり飲めないし、かといって一人で飲むのも寂しいだろう? こうして誰かと飲む酒が一番美味いのさ」

そう言いながら、早速一杯目を空けてしまったらしい。

小瓶を片手にトクトクと注ぎ始めた。

「チャドさん、夕食はもうすまされたんですか？」

「まだだね」

「空きっ腹に酒は体に悪いですよ。簡単なものでよければ何か作りますよ」

「……なんだか、母親と飲んでいるような気分になるね」

立ち上がり、キッチンの方へと向かうベイルの背中にチャドは小さくぼやいた。

◆

酒の肴にできるような惣菜類をあつらえてベイルが戻ってきたことで、再び飲み会が始まった。

「美味い！　ベイル、俺と結婚してくれ！」

「チャドさんはもう既婚者でしょう……」

「そうだったそうだった！」

豪快な笑い声と共に膝を叩くチャド。

なんだかんだ始まったばかりだというのに、すでに小瓶が一本あいていた。

その間、ベイルは一杯ほどしか飲んでいない。

「ん？　さっきから全然進んでいないようだけど」

そのことに気付いたチャドが首をかしげて声をかけてきた。

それに、ベイルは肩を竦める。

「最初に言ったじゃないですか。俺は長い間酒を飲んでなかったって」

「それはそうだけど、てっきり冗談かと……。でも、別に飲めないわけじゃないんだろう？　どうして飲んでなかったんだい」

その問いに一呼吸置くようにベイルはグラスの酒を一口呷ると、「そんな大層な理由じゃないですよ」と前置きをした。

「聖女様がいますからね。少なくとも彼女が酒を飲める歳になるまでは目の前で飲まないようにしているだけです」

「目の前って言っても、聖女様と離れてる時ぐらいあるだろう？　その時に飲めばいい話じゃないか」

「いえ、用事がないときは基本的にずっと聖女様と一緒にいますから」

「ベイルの聖女様想いにも参ったものだよ。見習いたいね」

「……そうか」

お手上げだといった様子で、チャドは両手をヒラヒラと掲げる。

「何をですか？」

「大切な人を自分よりも優先できるところだよ。俺にはとても真似できない」

果たして本当にそうだろうか、と。

ベイルは首を傾げた。

「チャドさんなら、自分よりもシェリーさんのことを優先すると思いますけどね」

「どうだろうね」

意味ありげな笑みと共に、チャドはグラスを揺らす。

中の氷が崩れてカランと音を立てた。

「そういえば、以前から気になっていたんだけど」

「はい？」

酒を飲んだせいで陽気になっていたチャドの声が少し真剣さを帯びたことに気付き、ベイルは耳を傾ける。

チャドはグラスの中の氷をジッと見つめながら切り出した。

「ベイルと聖女様って、どういう関係なんだい？　夫婦でも、恋人でもない。なのにいつも一緒にいる。二人の関係性がいまいちわからないんだよ」

「俺と聖女様の関係、ですか……」

何故かドキリと胸が高鳴り、喉が渇く。

潤いを求めてベイルはグラスに残った酒を一気に飲み干した。

少しずつふわふわとする感覚の中で、ぼんやりとした思考の中で、ベイルはチャドの問いに対する答えを探す。

もちろん、自分が教皇国の神官であることも、そしてルナが聖女候補として捕らえられていたことも、挙げ句二人で教皇国を逃げ出した身であることも伝えるわけにはいかない。

いや、それを加味したとしても自分たちの関係性をハッキリと言葉にすることができない。

（俺と聖女様の関係……）

逃亡者？

反逆者？

裏切り者？

どれもしっくりこない。

というよりも、これはそれぞれを指す言葉であって関係性を示すものではない。

（なんなんだろう、本当に）

これまで深く考えたことはなかった。

考える必要もなかった。

しかし改めてそのことを指摘されると、返す言葉がない。

友人でも幼馴染みでも恋人でも夫婦でもない。

そんな自分たちは一体なんなんだろう。

「ごめん、変なことを訊いちゃったかな」

黙りこくってしまったベイルに、チャドは場を和らげるために笑いながらグラスに酒を注ぐ。

ベイルはそれを一気に飲む。

「おっ、なんだベイル、結構いける口じゃないか」

その飲みっぷりを見て、対抗するようにチャドもグラスを空ける。

暫くの間、そうして二人で無言のままにグラスを空けては注ぎ、空けては注ぎを繰り返す時間が続く。

そうしているうちにすっかり二人の顔は真っ赤に染まり、机に突っ伏していた。

「……俺も」

「ん？」

ぼそりと、独り言のように呟いたベイルの言葉にチャドが反応する。

「俺も、今のままだと……いけないってことぐらい、わかってるんですよ。こんな、中途半端なままじゃあ……」

「ベイル……」

たどたどしい口調で話すベイル。

半ば機械的にグラスを傾ける彼を、チャドは呆然と見つめていた。

そうしてふっと口角を緩める。

「大変なんだな、お前も。……よっしゃあ、もっと飲むぞぉっ!!」

勢いよく立ち上がると、ベイルの元へ近づき彼の肩に腕を回す。

チャドが力強くグラスを掲げると、ベイルもそれに続く。

男たちの酒宴はまだまだ始まったばかりだ。

おかしな夢～聖女ルナの羞恥～

Seijo-sama Wo Amayakasitai!

「……っ」

瞼越しに伝わる眩しさに、ルナは思わず眉を寄せた。

それからゆっくりと目を開ける。

見慣れない天井だ。

首を横に向けて部屋の様子を視界に入れる。

少しして、ようやくルナは自分がシェリーの部屋で眠ったことを思い出した。

「私、いつ寝たんだっけ……」

寝癖のついた白髪を押さえながら上体を起こす。

結構な時間シェリーと二人で話し込んでいた。

それがお泊まり会の醍醐味だと聞いていたし、事実その通りだった。

いつもであればとっくに寝ているはずの時分に、隣で共に眠る同性の者とのんびりと語らったのは楽しかった。

後半の方は何を話したか覚えていないが……。

「そうだ、シェリーさん……！」

隣で眠っていたはずのシェリーの姿がないことに気付く。

慌てて立ち上がったルナの鼻孔を、どこからともなくいい匂いがくすぐった。

その香りに誘われるようにして、ルナは部屋を出た。

◆

「あ、おはようございます、聖女様。丁度今起こしに行こうと思っていた所なんですよ」

匂いの出所──キッチンに向かうと、そこでシェリーが朝ご飯の支度をしていた。

湯気が立ち上る鍋からスープを器によそっていたシェリーが、ルナの存在に気付いて顔を上げる。

その光景に、ルナは肩を縮こまらせた。

「おはようございます。あの、すみません。何もお手伝いできなくて」

「いいんですよ。それにこれは、あの人のためでもありますから」

「あの人の？」

ダイニングの机にスープを運ぶシェリーを手伝いながら、ルナは首を傾げる。

シェリーは口元に手をあてながらくすりと微笑んだ。

「チャドのことですよ。あの人、牧師様と飲むんだといってお酒をたくさん持って行かれましたから、きっと今日は二日酔いです。スープなら、そんな状態でもきちんと栄養をとることができますから」

言われて、ルナはなるほどと得心がいった。

同時に、ん？　と何か引っかかりを覚えた。

「ベイルくんは、お酒は飲めないはずですけど……」

「え？」

「ああ、いえ、……正確には、ベイルくんがお酒を飲んでいる姿を見たことがないだけで」

「……あの人、牧師様に無理をさせていないといいけれど」

少し不安そうにシェリーは教会のある方を見やる。

そんな彼女に、ルナは申し訳なさそうに口を開いた。

「あのっ、このスープ少しいただいてもいいですか？　もしベイルくんも二日酔いになっていたら苦しいと思うので……」

酒をまだ飲めないルナは二日酔いの苦しさを知らないが、わざわざシェリーがスープを用意するということは相当しんどいものなのだろう。

ルナの言葉に、シェリーは優しく微笑み返した。

「ええ、もちろんですよ」

◆

「今日は本当にありがとうございました。楽しかったです！」

朝食を終え、スープを入れてもらった小鍋を両手に抱えながら玄関先でルナはシェリーに頭を下げた。

それに対してシェリーもまた頭を下げ返す。

「こちらこそ、急なお誘いにもかかわらず付き合ってくれてありがとうございました。もしよろしかったら、またお泊まり会をしてくれますか？」

「はい、もちろんです！」

シェリーの提案にルナは満面の笑みと共にそう返す。

同時に、次にお泊まり会をするときにはもう少し何か手伝えるようになろうと想いながら。

「あっ、そうだ……」

ふと、ルナが何かを思い出したように呟くと、少し頬を赤らめる。

「その、シェリーさん。……昨日の夜に話したことは、内緒でお願いします」

昨日の夜。主にベイルに関することで色々なことを話した。

そしてそれは本人の耳に入れるには恥ずかしい話題だ。

俯きがちにそう嘆願してきたルナに、シェリーはどこか慈愛に満ちた笑顔を浮かべる。

「もちろんですよ。私も色々とチャドには聞かせたくないことを話しましたし、昨日のことは二人だけの秘密です。ただ、何か進展があったら教えてくださいね？」

「……進展があれば、ですけど」

ルナはそっぽを向きながらか細く零す。

そんな彼女の姿にシェリーは苦笑した。

「では、牧師様によろしくお伝えください。後、チャドが何かご迷惑をおかけしていたら私を呼んでください」

「はい！　では……」

再び頭を下げ合って、そしてルナはモートン家を出る。

目指すはすぐ隣。

ベイルが待つ教会だ。

今頃二人は何をしているのだろうか。

ベイルのことだからきっととっくの前に起きてチャドに朝ご飯を振る舞っていることだろう。

シェリーの朝食を食べた後だが、残っているのなら自分も少し食べよう。

そんなことを考えているうちにすぐに教会に着いた。

小鍋を胸に抱えて礼拝堂の扉を開ける。

いつもなら出迎えてくれるはずのそこに、ベイルの姿はない。

若干の寂しさを感じながらも、きっとチャドと話しているのだろうと扉をそっと閉めて教会の奥へと向かう。しかし、少しして違和感に気付いた。

静かすぎるのだ。

物音一つしない、まるでこの教会に自分以外誰もいないような。

不思議に思いながら、食堂の扉を開けた瞬間ルナは思わず顔を顰めた。

辺りに漂う酒の臭い。

あまり嗅ぎ慣れていない臭いのために、ルナには刺激が強すぎる。

「って、チャドさん……?」

「んんっ……?」

食堂のテーブルに突っ伏しているチャドに気付き、ルナは驚きの声を上げる。

歩み寄ると、その気配で眠りから覚めたらしいチャドが半開きの瞳で辺りを見やり、そしてルナを捉える。

「んぁ、あれ、聖女様……？　んん、んー……」

まだ寝ぼけているのか、頭が回っていない様子のチャドだがひとまず意識はあるらしく、ルナはホッと胸をなで下ろす。

小鍋を空の小瓶が散乱する机の上に乗せると、グラスに水を入れてチャドに手渡す。

「ぁあ、ありがとう」

ようやく頭が回ってきたのか、頭を押さえながら受け取ると一気に喉に流し込む。

プハァッと息を吐き出した後、「そうか、あの後……」と呟いた。

「あの、チャドさん。一体何が……？」

「いやぁ、久しぶりに飲み過ぎてね。明け方ぐらいまで飲んでいたんだけど、どうやら眠ってしまっていたらしい。っぅ、頭が痛い……」

「大丈夫ですか？」

ルナが気遣わしげに声をかけると、チャドは「大丈夫、慣れているからね」と応じた。

「お酒を飲み過ぎてこんなところで眠るなんて、シェリーさんに叱っていただかないといけませんね」

「いやあ、それは困る。どうか、このことは内密に……！」

「わかりましたから、早くシェリーさんのところに戻ってあげてください。スープを作って待っておられまから」

その言葉にチャドは一気に目を見開き、立ち上がった。

「あの、ところでベイルくんは……？」

ルナに訊かれてチャドもピタリと動きを止める。

「そういえば、いや、眠る直前までここで一緒に飲んでいたはずなんだけどね」

「ベイルくんと飲んでいたんですか？」

「そうだよ。酒を余り飲まないと言っていたけど、最終的に俺と同じぐらい飲んだんじゃないかなぁ」

チャドのその発言で、ルナは一気に不安になった。

普段酒を飲み慣れているチャドでさえこの有様なのだ。

酒を余り口にしないベイルなら、一体どうなっているのか。

「ん～……」

「ひゃっ！」

突然、自分の下から声が聞こえてルナはその場を飛び跳ねた。

そして、恐る恐る机の下を覗き見る。

「って、ベイルくん⁉」

「あらら、これは完全に落ちてらっしゃる」

そこにいたのは、探し人であるベイルだった。

床に丸々ようにして眠っている。

チャドの発言に、ルナはキッと睨む。

「そんなことを言っている場合じゃありませんよ！」

「す、すまない。とりあえず、ベッドまで運んでおこう。起きたら水をたくさん飲ませるといい」

「……シェリーさんに報告しておきますから」

唇を尖らせてそう呟いたルナに、チャドは「それだけはやめてくれ！」と両の手を合わせて懇願した。

◆

「まったく、チャドさんには困ったものです……」

ベイルをベッドまで運んだチャドは早々にシェリーの元へと帰って行った。

ベイルの部屋のベッドの脇にイスを置き、そこに腰掛けながらルナは小さく不満を漏らす。

とはいえ、無防備に寝顔を晒して眠っているベイルを見られてなんだか少し得した気分になったので、その語調はどこか嬉しげである。

思えば、彼がここまで油断しきっている姿を見せるのは初めてではないだろうか。

「ふふっ、なんだか新鮮です」

ベイルの額にかかった黒髪を一房指ですくい取り、そっと流す。

小さな呼吸音と共に上下する胸部。

油断しきった寝顔、何もかもが愛しく映る。

「こんなベイルくんを見ることができるのなら、チャドさんにはまた来て欲しいです」

先ほどあんなことを言ったというのに、もう心変わりしている自分がいる。

ベイルのことが心配であったけれど、チャド曰く心配無用らしい。

床で寝ていたのは、たぶん寝落ちしたときに椅子から滑り落ちただけだろうと。

それはそれで心配ではあるけれど。

それにしても。

ベイルの弛緩しきった寝顔を見て、ルナもまた頬を緩める。

彼がいつも教皇国の追っ手のことを考えて意識の隅の方で警戒してくれていることも、自分の安全のことを考えていついかなる時にでもすぐさま戦える状態であろうとしていることも、ルナにはわかっている。

自分がこの辺境の地で穏やかな日常を送る中で、彼は戦い続けてくれていることも、知っている。

だから、今この瞬間がどうしようもなく嬉しい。

彼は今、間違いなく何もかもを忘れて眠っている。

夢に何を見ているかはわからないけれど、幸せそうに眠っている。

そのことが、本当に嬉しい。

目覚めたとき、きっとそのことを彼自身悔やみ、責めるだろう。

彼はそういう男だ。

自分に厳しく、そして他人に優しい。

そういうところに惹かれてしまったけれど、その優しさに甘えてしまっている自分に憤りを覚える時もある。

「ベイルくん……」

知らず、彼の名を呼んでいた。

何故か胸が高鳴る。

そっとベイルの手に触れて、彼の温もりを感じる。

「――――！」

少しの間そうしてボーッとしていると、突然ベイルが身じろぎ、ルナはビクッと肩を震わせて即座に手を離した。

そして、小さく「ベイルくん？」と声をかける。

返ってくる言葉がなかったためにまだ眠っているのかとホッと胸を撫で下ろした。

しかしその直後、ベイルは身をよじり体をルナの方へ向けると、そのまま腕を伸ばしてベッドの脇に両膝をついていたルナの体を抱き寄せた。

「ふぇっ⁉　べ、べべ、ベイルくん……⁉」

ベイルに抱き着かれる格好となり、ルナは瞬時に顔を赤く染めてこの行動の真意を問う。

だが、返事はなかった。

恐る恐る自分の体に密着したベイルの顔を覗き見ると、そこには先ほどまでと変わらずに気持ちよさそうに眠っているベイルの寝顔があった。

それを見てホッとする自分と、少し残念に思う自分がいることが可笑しくてルナはくすりと笑う。

そして、ベイルの頭にそっと手を乗せ、黒髪を優しく撫でながらポツリと呟いた。

「……大好きです、ベイルくん」

◆

「っぅ……」

目覚めてすぐ、頭を襲う鈍い痛みにベイルは思わず顔を顰めた。

額に手をやり、いやに重たい思考を必死に巡らせる。

窓の外を見ると、すでに太陽が真上にあった。

「そうか、チャドさんと」

この頭痛の原因を突き止めたベイルはやってしまったなとため息をついた。

せいぜい少し舐める程度しか飲まないつもりであったのに、いつの間にか場の雰囲気に流されてしまっていたらしい。

仮にも自分たちは逃亡中の身であり、いついかなる時に敵の襲来に遭うかわからないから酒を控えていたというのに。

「っ、そうだ、聖女様」

重たい体を叱咤してベッドから起き上がると、勢いそのままに自室を飛び出る。

そしてルナの姿を探し始めたその瞬間に、鼻孔をくすぐる匂いに気付いた。

「これは……?」

匂いの出所はどうやらキッチンらしい。

急ぎ足で向かうと、そこにルナがいた。

「聖女様……？」

「あ、ベイルくん。おはようございます！」

キッチンで小鍋を温めているルナの姿。

どうやらこのいい匂いはあの小鍋の中から発せられているらしい。

しかしこの光景が、ベイルにはひどく奇妙なものに映った。

「何をしているんですか？」

「あ、スープを温めているところです。もうお昼なので、そろそろベイルくんを起こそうとも思っていたので」

「聖女様が、スープを……」

ベイルは思わず愕然としながら呟く。

その言葉を拾ったルナは少し首を傾げて、それから彼が何を言わんとしているのかを察して慌てて否定する。

「私が作ったんじゃないですよっ。帰るときにシェリーさんに分けていただいたんです！」

「ああ、なるほど……」

知らない間に料理スキルが飛躍的に向上したのかと、一瞬驚いてしまった。

しかし、シェリーが作ったのなら得心がいく。

「ベイルくん、どうぞ！」

満面の笑みと共に水の入ったコップを差し出してきたルナに一瞬見惚れてから、ベイルは受け取った。

◆

「すみません、ご迷惑をおかけして……」

温まったスープを口にしながら、ベイルはルナに頭を下げた。

すると、ルナは困ったように眉をひそめて笑った。

「……？　どうかしましたか？」

「い、いえ。なんでもないです。それよりも、楽しかったですか？」

「……そうですね、まあ、楽しかったです」

どんなことを話したのか頭の頭痛に紛れて思い出せないが、羽目を外してしまうぐらいだ、楽しかったのだろう。

「ただ、暫くは絶対に酒は飲まないことにします」

酒は飲んでも飲まれるなとはよく言ったものだが、昨晩の自分は見事に飲まれてしまった。

その結果この時間まで眠ってしまっていたのだ、今後は控えるべきだろう。

ベイルが自戒を籠めてそう言うと、ルナは少し残念そうに俯いた。

「たまになら、ベイルくんも羽目を外していいと思いますよ？」

「でも、聖女様にご迷惑をかけてしまいますし」

「そんな、迷惑なんて。……私も色々と嬉しかったですし」

顔を赤くしてモニョモニョと話すルナをベイルは不思議がる。

ベイルのその視線に気付いたルナは、慌てた様子で続ける。

「と、とにかく！　ベイルくんが幸せそうだと私も嬉しいですから。眠っているときのベイルくんは、本当に幸せそうでしたよ？」

「確かに、久しぶりにいい夢を……いえ、おかしな夢を見ることができました」

ルナの言葉にベイルはふっと笑むと、夢の内容を思い出す。

すると、夢という単語にルナは食いついた。

「夢⁉　べ、ベイルくん、どんな夢を見たんですか⁉」

「ど、どうしたんですか、急に」

「いいから、答えてください！」

何故かルナの表情に鬼気迫るものがあって、ベイルは若干気圧されながら口を開いた。

「本当におかしな夢ですよ。もう顔も名前も覚えていない母が夢に現れて、俺を抱きしめてくれたんです。それから耳元で、『大好き』と囁いてくれました。親と過ごした記憶なんて微塵も残っていないのに、変でしょう？……って、どうかしたんですか、聖女様」

「――――」

口をパクパクとして、ワナワナと全身を震わし固まっているルナの様子にベイルは疑問を投げかけた。

見たところ羞恥に悶えているようだが、果たして今のどこに彼女が恥じらう要素があったのだろうか。

「聖女様？」

無言のまま固まっているルナに、再度呼びかける。

すると、弾かれたようにイスから立ち上がると、真っ赤な顔で言い放った。

「ベイルくん、暫くお酒は飲まないでください!!」

あとがき

読んでいるだけでにやついてしまう、主人公とヒロインのイチャイチャした話を書きたい！　もっと詳しく言えば、互いが互いのことを欠かせない存在として認識しているのにもかかわらず、付き合っていない。なんだお前早く付き合えよバカ野郎！　みたいな関係のキャラたちがいちゃついている話が書きたい！

という願望が本作の執筆に繋がりました。というかベイルとルナ、付き合っていないのか。どうして付き合っていないんだ。これがわからない。

まあともかくとしてそんな動機で設定を考え始めたわけですが、私のことを知っている方ですと、私が基本的に主人公最強もののファンタジー作品を書いているということをご存知かと思います。（何事にも例外はあるので、主人公最弱？　ものも一作あります）

……あ、申し遅れました。戸津秋太と申します。初めて聞いた名だなという方は、よろしければ覚えてやってください。知ってるよという方はいつもありがとうございます。

さて、話を戻しましょう。

そんなわけで、本作もその例に漏れず主人公最強要素を盛り込むことになりました。よくよく考えたら、強い主人公がヒロイン一人を守ろうとして戦うの、すっごくいいなぁと思ったんですよね。

結果として、物語の設定上どうしてもシリアスな展開を避けられない作品になりましたが、うまくイチャイチャとシリアスを融合できたのではと思っています。

ベイルカッコイイ！　ルナ可愛い！

そう思っていただけましたら幸いです。

本作の執筆に至った経緯を書いているだけでここまで埋まってしまったので、唐突ですが謝辞に移らせていただきます。（二ページ短いです、担当編集様！）

まず初めに、本作のイラストを担当してくださったｆａｍｅ様。ほんっっっっとうに素晴らしいイラストをありがとうございました！　イラストを頂いたとき、興奮して担当編集様に電話をかけてしまいました。（その節はご迷惑をおかけしました）

そして担当編集様。色々とご迷惑をおかけしましたが、本作の制作に携わっていただき本当にありがとうございました。今度お会いする時デ○ソースを進呈いたします（唐突）また、本作の出版に携わってくださった関係者の皆様に最大限の感謝を。

それでは、また二巻でお会いいたしましょう。

聖女様を甘やかしたい！ただし勇者、お前はダメだ

2019年2月1日　第1刷発行

著　者　戸津秋太

発行者　本田武市

発行所　TOブックス
〒150-0045
東京都渋谷区神泉町18-8　松濤ハイツ2F
TEL 03-6452-5766（編集）
0120-933-772（営業フリーダイヤル）
FAX 050-3156-0508
ホームページ　http://www.tobooks.jp
メール　info@tobooks.jp

印刷・製本　中央精版印刷株式会社

ISBN978-4-86472-774-7

Printed in Japan